职场新人

禁止心碎

王宇昆——著

江苏人民出版社

图书在版编目(CIP)数据

职场新人　禁止心碎 / 王宇昆著. — 南京 ：江苏人民出版社，2022.7

ISBN 978-7-214-27178-5

Ⅰ. ①职… Ⅱ. ①王… Ⅲ. ①随笔—作品集—中国—当代 Ⅳ. ①I267.1

中国版本图书馆 CIP 数据核字(2022)第 075856 号

书　　名	职场新人　禁止心碎
著　　者	王宇昆
责任编辑	张　凉
出版发行	江苏人民出版社
出版社地址	南京市湖南路 1 号 A 座，邮编：210009
出版社网址	http://www.jspph.com
照　　排	麦士图文创意有限公司
印　　刷	溧阳市金宇包装印刷有限公司
开　　本	889 毫米×1194 毫米　1/32
印　　张	8
字　　数	95 千字
版　　次	2022 年 7 月第 1 版　2022 年 7 月第 1 次印刷
标准书号	ISBN 978-7-214-27178-5
定　　价	49.80 元

（江苏人民出版社图书凡印装错误可向承印厂调换）

自序：跃入人海，风雨齐来

·01·

我人生中最后的学生时代，和大多数人一样，上完最后的课程，提交毕业论文，然后来一次最后的毕业旅行，最终与曾经读书、学习的校园郑重告别。

那时候我很少真正去想自己会成为一个怎样的人，换句话说，甚至没有去思考过接下来要有怎样的人生。毕业、实习、工作、成家……时间从来没有用这些词藻来刻意包裹我的人生，我的脑袋空空如也，拥有着现在看来完全不算烦恼的担忧。

但时间终究还是会一步步塑造我们每个人的命运。随着年纪的增长，一些崭新的选择和烦恼入场，我们中的每一个人都奔赴人海，开始拥有属于各自的四季。

学生时代的结束，仿佛意味着接下来的人生都会迅速褪去被保护完好的外壳。我开始辗转于各大公司的应聘现场；开始摒弃晚睡晚起的生活作息，习惯于实习公司的清晨打卡；开始小心翼翼地计算工资和房租之间的种种平衡……这一切都像是人生新篇章的序曲，我练习着如何将自己完好地嵌入新的剧情中，扮演好城市中的新旅人、职场中的新员工、社会中新的成年人。

没有明确的界限，也没有明确的标准，就这样被时间推搡着，在一个巨大的工厂里，被贴上“大人”标签的我，进入一个按部就班的生产线。

·02·

有报道说距离我们遥远的月球每年都会发生1000多次月震。震动意味着这个星体还处于年轻旺盛的状态。但每次月亮撕心裂肺地颤动时，身居地球的我们并不知晓。

看到这篇报道的时候，我会想起都市森林中的自己，在楼宇中、在格子间、在飞驰的地铁中的每一次自我撕裂、每一次崩溃。这也许就是成为“大人”的意义，在独行中发现疼痛，与裂缝抗争，最后愈合所有的伤口，迎着阳光探出头来。

当我只身闯入这片“汪洋大海”的时候，“风霜雨雪”都会在我浑然不知的时候纷至沓来。步步努力做好一个“大人”，为了更熟练知晓如何不让阴影积聚，洒脱拭去泪，不再叹息，振作起来重新迈出轻松的步履。

同时间道别的线索有很多，我穿着学士服的毕业照、简历首页留下的第一张职业照——那张职业照后来也印在了人生第一份正式工作的工牌上。在无数次会议中，我想起了在大学课堂里昏昏欲睡的自己。

我们就这样开始一点点逼着自己扮演好“大人”的角色，在无数次道别和迎接之中，坚强挺过每一个“新人”会面对的时刻……

·03·

上班晚打卡半小时被扣掉的60块钱工资够买半个星期的早餐。

被老板叫去办公室谈话，其实那次自己没做错什么，只是被同事甩了“锅”。

升职、涨工资那天激动的热泪，没人知道自己为这个项目加了多少班、熬了多少夜。

周末吃完分手饭告别时的心碎声，两个人默契地履行了“工作日不提分手”的约定。

……

论文、毕业答辩、散伙饭、找工作……“对不起我们有其他合适的人选了”——收到 offer（录用通知）。入职第一天，公司的食堂好难吃，合租室友人还不错，第一次团建被问到了为什么来上海，听不懂上海话，同事间很有距离感，第一次自己独立带项目，出差那天 4 点就起床洗漱了，终于涨工资，拥有了人生第一只猫咪……工作太忙，完全没时间社交，所以“空窗”了很久……攒了第一桶金给爸妈买了礼物……要想在这个城市落户还得等 10 年……

就这样，在一次又一次重锤击落希望的时刻，微笑又如轻盈的棉絮落向生活。失望、希望、悲伤、喜悦、治愈，相互交织。我和这个世界里很多相似的“我”，经历了一次又一次的坠落，又迎头赶上时间。

职场教会了我这个社会新人很多珍贵的道理，这些可能是学生时代永远也学不来的知识。它让我从一个小心翼翼生怕做错任何一件事的自己，开始变得自信、豁达、勇敢；也让我逐渐认清自己要成为一个什么样的人，找到自己应该奋斗的价值所在。当我在曾经梦想的公司的落地窗前看向十字路口匆忙行走的人群时，我很感谢几年前的那个自己，也曾经在这样的人海中摇曳和迷茫过。

那时候的自己，总是一个人在路上。

因此很多时候我会想，这些我们曾经经历的人生十字路口，或者即将拥有的红灯转绿灯，如果有一个人或者一种温暖的力量可以轻拍自己的肩膀该多好。即便它只是鼓励我：没关系，不要忧愁，这些都是我们每个人所必经的人生之路，咬咬牙，闯过去就好。

现在，我想要试着成为那个可以轻抚你肩膀的人，把我曾目睹的风景揉碎、平铺成一本书。在成为“大人”的第一天，或许，当你翻开它的这一秒，就是一个温柔的开始。

王宇昆

2021年8月

于上海

目 录

一封简历

二次生长

三千世界

四方之志

五彩斑斓

一封简历

职场新人 禁止心碎

每一封简历投出，就有一只乌鸦飞走

·01·

2019 年从爱尔兰毕业，为了赶上国内的校招，我连毕业典礼都放弃参加了，直接回国找工作。毕业季那段日子，我向几十家公司投递了简历。最长的一次线下面试时间持续了近一天半；最短的一次不到 15 分钟——对，你没看错，从开始到石沉大海、杳无音讯只用了不到 15 分钟。

找工作的第一个月，一个面试都没有；直到第二个月，我都记不得自己到底打印了多少份简历。中文的、英文的，像无数张选票，投出去的每一刻都好似在抱着老天爷的大腿，哀求他："留下我吧，留下我吧，我真的很需要这份工作。"有的 HR（指从事人力资源工作的人）收到简历后，会上下打量一眼，然后开始按部就班地问：你在哪里读书？学的什么专业？有的 HR 会自动把简历压在所有文件的最下面，甚至都不会看一眼。但无论是以哪种方式对待我的简历，使我最害怕的那种，就是在面试结束时，露出遗憾的表情，一边安慰着我“可能不是很合适，但是你很优秀”，一边把简历退还给我。当接回简历的那一刹那，一切努力又重新回到了原点，看着那被揉搓得爬上了褶皱的简历，如同心中的麦田里飞窜出一大片乌鸦。它们扑扇着翅膀，带走所有希望，留下乌泱泱的阴影。

那场最终返还简历给我的，就是我前面说的那次时长仅仅持续了一刻钟的面试。炎炎夏日，当我拿着简历返回住处的路上，才意识到自己的愚昧，一个学市场营销、工作经验几乎为零的人，去投一个至少要求 3 年工作经验的外贸物流运营岗位，不被赶出来已经很幸运了。

除了知道自己想要的，更要知道自己适合的。这是我在打印店里数着一张张简历复印件时大彻大悟的人生道理。在如此激烈的就业竞争环境中，不仅仅在于你知道什么样的岗位、什么样的公司适合你，还在于你逐渐意识到自己的水平配不配得上你想要的东西。

·02·

终于，在自信心无数次被碾压的某天，我收到了一家互联网大厂的面试邀请。

这是国内一家近两年在三四线城市、农村市场火起来的电商平台。它给应届生开出了丰厚的工资和不错的职位。它即便是拥有“11/11/6”[①]的工作状态，仍旧吸引着一大批国内顶尖学校毕业生前往应聘。我始终记得在楼下排队准备乘电梯上去面试的“浩大”场面，几百号人的队伍排出了写字楼。

最搞笑的是，那天面试完打车的时候，一个路过的阿姨问我：这是哪个楼盘啊？第一次见到这么火的开盘现场。

杂乱的面试流程，一轮、两轮、三轮、四轮，几百号人被分配到了不同的流水线，等待着车间工人将每一个人纳入。啊，这个合格了，可以通往下一关；那个不合格，立即淘汰。半天下来，几百号人瞬间被筛选成了几十号人。

这里就像一片巨大的麦田，每一片麦田的守望者都希望自己可以分得一亩三分地，让代表着晦气的乌鸦赶快飞走。

在等待的第三个还是第四个小时里，始终没有人喊到我的名字。我一方面很担心自己是不是已经被淘汰了，另一方面又有种想要逃离的欲望，我内心有一个声音：我不属于这里，不属于这里……其间听到同样还在等待的人激烈讨论着刚刚结束的面试环节或者有人已经拿到的 offer（录取通知）。我自我审视了一番，到现在，我连一封工作

① 11/11/6：指几乎从早工作到晚，一周工作 6 天。

录取信都没有收到。虽然后来也并不觉得这是件大事，但对于当下正在迷茫中艰难行走的我而言，这就是人生大事的第一位。

在等到第五个小时左右，工作人员喊了我的名字。已饥肠辘辘的我走向面试房间。面试官打量了一下我的外表，迅速看了一眼我的简历后，开始向我提问。这一轮的结果来得干脆利落，连续几个问题我都回答得马马虎虎，肯定要被淘汰了。果不其然，结束后没有等待多久，工作人员就大声吆喝着在这一环节落选的人请尽快离开。我们一群人就各自收拾背包，挤了同一趟电梯离开了这栋写字楼。在最后一个环节被淘汰，大家多少还是带着些失落的。乌鸦们站在我的肩膀上，不费吹灰之力，就将没有重量的我拖离这片麦田。

如果认真总结些失败教训的话，我大概能意识到自己的失败是因为自己的“不够优秀”。但这个反省结果不应该消磨我的热情与希望，因为我知道，这只是漫长人生中的须臾停留。

在这样充满矛盾和犹豫不决的夏日里，做出清凉、飒爽的决策太难了，反而每一步、每一次尝试都变得充满意义。无论是在写字楼走廊里的漫长等待，还是 3 个小时行程换来的 15 分钟面试，每一步踏出的层层水花都投射出残酷的竞争，折射出城市的冰冷，折射出成长的沉重。归根结底，都是在为扎根这片土地而积蓄力量。

当然，我相信每一个有过类似经历的人，大多数还是会在某一天开启自己作为“职场新人”的第一天。就像后来终于在某天收到心仪公司 offer 的我，再回忆起这段经历时，愈发相信这不过是上天给职业生涯的一堂启蒙课。所以，别因为简历石沉大海就放弃希望。在茫茫的就业大军里，只要努力寻觅，总会抓住触底反弹的机遇。

打印机跑出来一张又一张新的简历复印件，一只只乌鸦被惊起飞走。我相信，每个人都是给这个世界的一份礼物，老天总会在某天拆开我的礼物。

【昆哥 tips】

海投简历没错，但试想一下，假如你用同一份简历同时投递了一个做电商的岗位和一个做市场营销的岗位，那么简历的适配性就很重要了。一定要针对自己投递的行业或者公司进行简历定制，在你的简历里突出适配目标行业、公司或者岗位的信息，成功率绝对会高不少哦。

成人俱乐部入门课
——学会处理落差

·01·

职场对于每一个“新新”人士，似乎都存在一种固有的初始模式，就像打一个新游戏一样，第一关你总要接受游戏为你准备好的世界观和种种规则。它可能意味着不理解，一旦你打破了这种不理解的眼光，那么接下来的路会一往无前。

写作七八年，出了七八本书，原本计划成为一名自由创作的作家，可最终我还是在22岁研究生毕业后，选择进入职场。时间很快，当我开始有意识地去记录我在职场中的点滴收获时，我的职业生涯也即将满一年了。

回答了无数遍同一个问题：为什么会选择到公司来上班，这种“朝九晚五”按部就班的方式，你真的喜欢吗？为什么不去专心做一个作家呢？不管层级多高的大老板，还是你身边跟你同一时间入职的新人，他们都会充满期待地等待我说出一个答案。冠冕堂皇的回答可以讲，诸如我希望体验人生，为故事积累素材，等等。

倘若这样回答他们，我会觉得太虚假。既然都是来打工的，没必要硬是让自己显得多么“高尚”，所以最后我都会用一个答案来告诉他们——因为写书不赚钱，靠着创作的微薄报酬在上海这样的一线城市，我压根养活不了自己。这是最真诚的答案，也是最安全、最可以迅速终结这个话题的答案。因为我如果不讲，他们永远也不会知道我靠写作可以赚多少钱，怎么活下去。

·02·

但其实，这个问题的另一个答案是我渴望进入职场，我当下的人生没有其他更好的选择。从加入这个五光十色的成人俱乐部开始，我能感受到过往人生缺失的一些建议——那就是做个能与“现实中的落差”妥善相处的人。

所有身边的朋友总会对我说：“你过往的人生都太顺利了。”好像也确实如此，从 13 岁开始写作、出书、拥有粉丝，就连减肥这种很难成功的事情，我也顺利地完成了。我拥有很多同龄人所不曾拥有的人生体验。这些体验也逐渐在我心里面构筑起一堵名为“看起来可以令人得意”的“墙”。所有我想要做成的事情，最后都能成功。我想要得到的东西，就算不能完完整整地拥有，也至少八九不离十。

这种“顺利”让我逐渐变成一个很难接受消极结果的人。换句话讲，不如预期的落差感，会轻易地击垮我。心里那堵“骄傲”的高“墙”，越垒越高，某天一下子变成了“自负”的壁垒。

·03·

进入社会工作的第一年，成人俱乐部教会了我很重要的一课——学会处理落差。

入职之后，我做了很多零碎的执行工作。终于有一天，老板交给我一个很重要的项目。让作为新人的我接手这个项目，对她而言，是做了一个充满风险的决定。

说一开始不抱着期许是假的，我希望在复盘会上凭借优秀的业绩获得四座掌声，也希望老板能从我这一个什么都不懂的新人身上看到惊喜。当抱着完美的期待去竭尽全力完成一件事的时候，我会更加看重结果，倘若有一点事不顺意，就会感到沮丧。

因此在做这个项目的时候，我每一天都备感压力，盯着项目进度表，只要有一天的 delay（延迟），我都紧张得失眠。新人阶段第一次做项目如履薄冰。那段时间可以说，我是很完整地体验过了。好在最终我还是顺利地完成了，用“顺利”来描述它，不是因为完成得很出色，而是幸运地跨过了及格线。

那个项目结束不久，有一次我和老板出差结束回上海。在返程的车上，我问我的老板：“如果我没有做到，你还会给我第二次机会吗？”

本来以为老板会给我一些温柔的鼓励，但她很果断地摇摇头，说：“如果你做不好，我当然会把机会给下一个人。这又不是学校考试，你考不过还有补考的机会。”她说完，失落一直萦绕在脑子里。但回到家之后，我突然开始庆幸，至少自己把事情完成了，及格也是“通过”的证明。

此时，我恍然发现自己似乎通过工作习得了一个很重要的本领，那就是“自我慰藉”。我不能说它是应对“落差”的最合理方式，但至少我好像可以通过这个途径来安抚自己的情绪了。虽然她的回答很尖锐，但这是我喜欢的方式。因为，我也不想在这世事难测的成人俱乐部里，被当作一个需要哄的小孩子。

在懂得如何去同“落差”相处之后，会发现人生中很多死结都有了被疏通的可能。期望着喜欢的人也可以喜欢自己，传递同等的好感；期望着朋友可以一直长长久久，道路没有分叉口；期望着所有虔诚心愿都可以实现；雨天的日子总记得带伞……当期望无法逐一满足时，那落空的期待，其实可以被安静地放下。

不过，接受“落差”并不意味着就是要与“没有达到标准和要求”的自己和解，而是更清楚地认识到自己“还不够努力，还有进步的空间”，或者是意识到自己“根本就不适合”。当然我相信，看清楚这个问题需要时间，有的人可能工作了很多年才意识到这个问题的答案。但早点意识到“落差”背后真正的原因，显然不是一件坏事。

也别因为一点点的“不达预期”，就降低自己可接受的阈值。学会处理落差是比发生误差更难的事情，所以，就怀揣着最大的希望，用尽力气去争取、去努力吧，然后对结局拥有宽广的胸怀。我知道这不是一件简单的事，但在成年人的世界里，在每天行色匆匆的办公楼里，有无数人在用他们的亲身经历教会我这件事。

后来这个项目总结复盘会结束的那天晚上，我和老板以及团队的人一起参加庆功宴。告别的时候，她对我说了这样一句话：“我没看错你，机会应该给你，因为你值得。”

说完，她冲我笑了笑，然后转身上了出租车。淅淅沥沥的雨声，似乎是世界在奏乐，撩动着我的神经。我想，或许此时此刻就是我想要闯进这个世界里的真正原因。

【昆哥 tips】

进入社会后，我们不得不接受很多“瞬间”，在这些“瞬间”我们发现自己好像没有那么厉害，或者说与原先设想的结果和标准有很大差距。某种意义上，这也是件好事，它的存在折射出我们的短板。就像考试结束了，你对完标准答案的时刻，是不是就很清楚接下来自己该补习哪种题型了？对于我们这些职场新人而言，后面还有很多机会，但抓到机会的前提是我们逐渐找到了对的方向。

上帝在我头顶撒金粉的时刻

我职业生涯的第一份工作是做消费品的市场营销，工作内容之一是拍品牌广告片，所以经常需要去片场跟片。和在格子间朝九晚五的工作不同，一旦遇上拍片日，就要做好通宵待在片场的准备了。印象中最夸张的一次是 2020 年的中秋节，举家团圆的时刻，我在上海的一个非常偏僻的郊区，从早上 7 点一直拍到第二天凌晨 4 点。

可能外行人会觉得去拍广告片是件很有趣、很新奇的事情。作为职场新人的我一开始也是这样认为的，每次拍片都充满了期待。但久了，你就会发现在片场工作是一件非常枯燥的事情。一条片子、一个镜头可能会翻来覆去拍个无数遍，每一遍都要认真检查。产品道具临时出了问题，得求爷爷告奶奶地想办法解决，不然就会拖慢当天整个节奏。虽然我是甲方的一员，但对于工作中的每一个人而言，此刻，在这个片场所构造出的微观宇宙里，我也只是流水线上一颗小小的螺丝钉。

不过我依旧热爱它，因为在这个微观宇宙里，我总能接触到许多让我欣赏甚至仰慕的人。

在短暂休息吃盒饭的间隙，我了解到比我大不了多少的导演，竟然拍过中央电视台特别有名的美食纪录片，年纪轻轻就已经成了很有名的商业片导演，拍过的明星艺人数不过来，拿过的奖也不计其数。

又或者个子小小但气场强大的监制，一年三百六十五天连轴转，奔波在菲律宾、马来西亚、日本、加拿大等国家。然而其忙碌的职业身份背后竟然还是法国蓝带西点师，在外滩开了一家贵得要死的餐厅。当然，还有那些镜头下的演员、模特或者嘉宾们，每个人都有让我两眼发光、发出惊叹的才华。

每当和这些人一起工作、交谈的时候，我的内心往往会冒出热气，就像刚刚被热水浸透后的茶包，清香之余令人感到满足。与优秀的人共事，那些因为工作或者生活招致的烦恼和苦闷，也会神奇地溜走。我会突然觉得自己是在做一些伟大的事情。它的伟大不是因为做这件事情让我接触到了很多光鲜亮丽的东西，而是因为我发现原来这个世界上关于“优秀”和“杰出”有很多种面向和维度，离我很近，近到触手可及，近到我想要成为他们。

有人说这是“工作”与“职场新人”之间短暂的“蜜

月期”。虽然这种说法不无道理，但这个工作对于我有不一样的意义。这些闪着光的瞬间，后来被我归类为“上帝在我的头顶撒金粉的时刻”。我从他们的身上看到对未来的希望和憧憬，也因此不断审视自我。换句话说，这是一种难能可贵的力量，是工作赠予我的礼物。

每年圣诞节，公司都会放一天假。2020 年的圣诞，我也是在片场度过的。那时候是在拍品牌在新年节点营销的一个广告短片。我和制片人在监视器里看着一个个镜头扫过，画面在一家人和和美美享受年夜饭中结束。镜头的最后一秒平移到了窗外的夜景，上海的繁华在天幕的笼罩下变成繁星点点。制片人侧过头对我说了声：“圣诞快乐。”

“放假还来片场加班，辛苦你了。”她补了一句。

“你也辛苦了。”我摇摇头，冲她微笑。作为甲方品牌方的人员要维持某种刻意的距离感，但其实鬼知道，在看完她行云流水的拍摄后，我多想冲过去向她表达我的敬佩。

收工时，已经是凌晨 2 点多，场务们在收拾最后的拍摄现场。工作人员差不多都撤离完毕了，我刚好跟制片人顺路打了一辆车。在车上聊天才得知，原来今天除了是圣诞节之外，还是她男朋友的生日。

圣诞节已经过期了两个多小时，她心急火燎地赶去海底捞火锅店给男朋友庆祝生日。她说男朋友一直很理解她的工作性质，很少有怨言。其间我还得到了一个令人愉悦的消息，那就是他们打算明年开春订婚了。

聊天时，我得知她毕业最开始是在四大[1]做审计，但内心一直有一个电影梦，于是放弃了优厚的薪水，一头扎进了短视频行业，从最开始的执行做起，一路做到今天。她自嘲，已经不知道为了拍片子熬过多少夜了，很多次熬完长夜或者漫长出差结束回家，她家的猫甚至都不记得她是谁了。

不知道为什么，那趟收工回家的路程，我没有因为劳累而感到一点儿疲惫，相反是满腔的温柔。或许这就是工作所带给我这个社会新人的幸福体验吧，能见到形形色色的人，见识各式各样的才华，自己被打磨的同时，也变得温柔了。

工作终究是工作，厌恶和烦躁的情绪不会因为工作中的这些新鲜时刻而消弭。但我总觉得，在职业生涯的初期，扮演着螺丝钉的自己有机会去接触这大千世界里形形色色的人与事物，真的是一件很珍贵的事情。如果说漫长的职场生活中缺少诗意，那么这些人和瞬间的存在，便是最浪漫的意象。即便长夜无尽、很晚收工、困意总是袭来，我

① 四大会计师事务所：普华永道、德勤、毕马威、安永。

也觉得生活饱满。在新人还没成长完全的季节里，要努力寻找这些工作带给人生平凡却深长的意义。

在车厢里，制片人跟男友通着话，一边讲着今天工作中遇到的开心的事情，一边嘱咐对方帮自己点上最爱吃的虾滑。我透过车窗看见外面下雨的上海，上帝撒下的金粉被我用力吹满了整个冬天。

【昆哥 tips】

我们需要抱着非常开放的心态面对职场上遇到的各种人，不要因为自己身处甲方，就觉得自己站在高位了。无论甲方、乙方，无论什么行业、什么岗位，有形形色色优秀的、有着自己闪光点的人。我一直觉得刚进入职场，我们应该培养一种灵敏度，就是善于找到这些优秀的人，并学会欣赏他们。

明天，我一定要准点下班！

·01·

还在读书的时候，我特别喜欢在图书馆改论文到深夜。偌大的图书馆在深夜里安静得可怕，到最后往往只剩下几个印度人和我。我偶尔会偷偷瞥他们几眼，看见他们，有的还在啃着笔头写写画画，有的已经趴在桌子上睡着。

这些时候，我都会觉得学生时代是人生难得的温柔。我虽然讨厌繁复的课业，但依旧充满热情地去完成它。无论是熬夜还是超期，甚至是从头再来，我都愿意伏在通宵图书馆的那个角落里敲击键盘。

两年后的某一天，我在茶水间接好一杯咖啡回工作岗位，看见坐在我旁边的女同事趴在桌子上，把头深深地埋进了抱枕里。

夜里的 11 点，连续工作了 14 个小时。我为了让自己不犯困，在大半夜里喝下了今天的第四杯咖啡。倒也不能夸张地说这是什么“续命”神药，因为自己似乎已经对咖啡因免疫了，只是想在疲惫的夜里，因为口腔里的苦涩而感到振作一些。

成年人的世界有一条不成文的规定——工作结束了才意味着这一天的结束。

我其实是不认同这种价值观的。但当我看到趴在我旁边的女同事深呼吸了几次，继续直起身体工作时，忽然发觉，好像我们都逐渐把自己活成了这种不怎么正确的案例。

想起之前在一家互联网公司实习的时候，遇到更夸张的情形：在那家公司里，几乎每个员工都有一张行军床，来应对深夜加班。他们随时随地可以像变魔术一样，把这张床拖出来，加完班直接在工位前睡下。

这个画面一直深深烙印在我的脑海里。这和之前学生时代的深夜赶作业完全是两码事。没有了学生时代深夜改论文时的安静心情，此时此刻的我面对的不再是典雅、恢宏的图书馆，而是小小的格子间和小小的笔记本屏幕。我只想赶快结束眼前的工作，然后打车回家，一头钻进被窝里，结束这漫长的一天。

·02·

那段时间，我疯狂加班是因为在忙着准备一款新产品上市，再加上临近电商“618大促销”节点，本来人手不够的团队彻底让每个人都充分“发光发热”。对于加班这件事，没有人不抵触。但奇怪的是，从我轮岗到这个部门后，这位女同事几乎没有一天是不加班的。

最神奇的是，她总是团队里每天来得最早的那一位，同样的，也几乎是团队里走得最晚的那一位。上班也几乎看不到她偷懒。总之，“兢兢业业”这个词已经完全无法形容她工作的状态了。

谈及加班，她抬起手按摩了一下自己的肩部，面对着屏幕叹口气。她的表情皮笑肉不笑，我已经习惯了。她就是这样的一个人。但这一次却令人感到意外，她朝我笑了笑。我看见她坚持了一天的睫毛膏和眼影有点凋谢了。

“已经习惯了，不管在哪里，都不会轻松的。”她说这句话的时候，正同步调整着幻灯片里的某个文本框。

“其实早上可以晚来一会儿的，睡眠不够对身体的损伤很大。”虽然我知道这句话大概率不会改变她任何的行为习惯，但我还是想要讲出来。

因为我总觉得在我们现在这个年纪，工作很重要，但不能把生活的全部都交给工作。除非公司是我家开的。

“是啊，确实要爱惜自己的身体。”那个文本框终于被调整好了，她伸了个懒腰，“等忙完这个新品，我真的要好好休息一段时间了。”

她的表情里写满了憧憬，和平常工作状态中那个非常严肃、冷静的她完全不同。

真的有人会喜欢加班吗？作为职场新人的我，时常会思考这个问题。互联网媒体上关于“9/9/6”[①] 的报道满天飞，但似乎依旧改变不了职场上总是有人在过度加班的现状。

想起有个讲“按时下班，绝不加班”的日剧，女主角雷厉风行，从不加班，但真的要把这样的故事放在现实里，肯定会遭受不小的压力，来自同事，来自上司……“不加班”似乎悄然间变成了“不努力”的一个代名词。为了绩效考核拿高分，为了优渥的年终奖，为了晋升，所以必须接受加班。

当身体里的反叛意识萌发，关掉电脑准点下班，是否就真的说明自己不努力呢？

我想这个答案不能笼统地落地在“是”或者“否”上，而是“加班”是否满足了当下自己对于自我价值的判断。这样说，确实有点无奈。“准点下班”和“多加会班”所在

① 9/9/6：一种流行于 21 世纪互联网时代的网络用语，指早上 9 点上班，晚上 9 点下班，一周工作 6 天。

的社会体系是作为个体的我们当下无法改变的某种规则，但我们能做的是在得与失之间做出最适合自己的选择。

只可惜，很多人包括我在内的职场新人，没有勇气去做出选择。

·03·

简短的对话结束，我们继续回到各自的工作中。我看着文档中的修订模式，把每一处细节调整好。公司的节能灯为了督促大家赶快下班，已经熄灭了好几次。我和同事就这样轮流着，在灯熄灭的时候起身去重新打开，一遍又一遍。

某一瞬间，真的体会到了，无论是同事还是我，其实都是这个世界庞大机器中的一颗螺丝钉，在从未停息的流水线上滚动着自己的身体。

心灵鸡汤或者工具书，会试图站在不同立场上给出答案，从而启发我们的思考。但我想的是，这个世界真的会在意我们加班与否、燃烧了自己与否吗？在我找不到正确答案的时候，只能试着去合理化现有的存在。或许，这是成长的必经之路，这是在避免坠落，这是在体味生活的无意义。往更高远一点讲，这也许就是这个时代留给我们这一代人去解开的难题。

当我看向落地窗外的夜色时，公司巨大的蓝色 logo（商标）在黑暗中平静地亮着，像极了两年前图书馆里我面前的电脑屏幕。在保存完最后一个文档后，我终于关掉显示器，心里想着：“明天，我一定要准点下班！”

【昆哥 tips】

我是那种非常讨厌加班的职场新人，但很多时候不得不因为各种原因而留下来加班。当然我也知道我们这一代年轻人，被各种时代的原因裹挟着身不由己。应该加班或者不应该加班，我不会给出一个明确的答案，但我想说的是，我们一定要学着逐渐设定一条“红线”，当触及了红线，请立刻收拾背包下班。这条红线可以是一个固定的时间，也可以是当你的身体给你释放信号“得休息”的时候。

本地人与外地人

·01·

有些问题一直等不到答案。

比如为什么作为职场新人，总会被问“你是哪里人”。这个问题背后所蕴含的动机到底是什么呢？是为了寒暄两句套套近乎，还是为了大致判断陌生的你应当是北方人的豪爽，还是南方人的细致，抑或是将你分类，分成“本地人”和“外地人”，如此简单粗暴的两类。

在上海工作的第二年，这个问题越发频繁地出现在我脑海里，撞击着敏感的神经。

“听你口音，应该不是上海人吧？”好像都不需要我主动回答来自哪里，光听口音就可以暴露我来自何方，故乡属南属北。当意识到自己身处于一个基本都是土著的公司后，这个问题变成了最无力改变的困难——我听不懂他们在讲什么。

日常的工作会话会突然间变成本地方言，因为会议室在座的各位大半都是上海人，所以大家也不会觉得很奇怪。同事与同事第一次见面，好像有一个神奇的阀门，言语间察觉到原来对方也是本地人后，这个阀门就会自动打开，紧接着两个原本陌生的人一下子熟络起来，开始用上海话热情地交流。

这些时刻的尴尬之处在于，不是你厌恶本地人的方言，而是你想要试图听懂、试图融入，却发现你的口耳之处伫立着一道天然屏障——你无法听懂，也不会说。渐渐地，这道天然的屏障开始在身体里越来越高，好似成为像我这样来自外地的新人心里一堵过不去的墙。

清晰地记得有一次开全部门大会。直属经理和大老板在针对我负责的项目发表意见时，我全程因为她们说的是上海话而无法参与，只能试图听懂她们说的只言片语，但又无法串联起她们的话语线索。直到大老板突然停下来，好像察觉到了我的游离，皱了下眉头，用一种我至今难忘的表情对着我，说了一句："Kark，都来上海工作这么久了，还听不懂上海话啊？"

那一瞬间，我感受到了内心的无措，只能以尴尬的笑为自己解围。心里的那道屏障又高耸了一节。它反向带来的痛觉，像在嘲笑我——我在为这个城市卖命与拼搏，却永远无法真正成为她的一分子。这笑声很残酷，会反复出现在职场中类似的情节中，反复提醒着我，需要为了“融入”而付出更多的努力。

·02·

这个社会里，还有很多跟我一样的年轻人在努力着，努力地融入。

某天收到 X 的消息，她跟我说她要搬到深圳了，似乎是在对北京已经没有任何留恋的情况下说出了这句话。想起当初她刚到北京，那股子要征服世界的冲劲，如今的选择显得平静又无奈。

为什么呢？因为已经在这座城市打拼了 10 年的她没有落户，为了买房和未来的人生规划，她只好选择奔赴其他城市。

记得几周前，X 来上海出差。我俩吃饭的时候，她彷徨无措地跟我说，她很努力，在公司表现出色，可北京的人才政策名额有限，她还是办不了落户。着急想要安定下来的她，看遍了周遭的二线城市：天津、青岛、济南、西安……没有一个合她的心意。

没办法，在大城市漂泊的年轻人都太渴望安定下来了，太急切地想要得到一个有保障的答案了。

我向来不喜欢用“漂泊”来形容一个人的生活状态或者生命轨迹，但眼下对于正年轻的我们而言，很难再找到比它更合适的词了。

不过，我还是打心眼里为 X 高兴，至少在众多的人生抉择里，某道题让她选择“三分熟”还是“七分熟”的牛排，尽管没有出现她最想要的那个“全熟”选项，她还是快意地选了“七分熟”。

从前的我更喜欢“七分熟”，直到在欧洲念书的时候，我第一次吃惠灵顿牛排，才晓得原来三分熟带着血丝的牛排在口感上更有层次感。

再后来，我明白了这就是经历带给人的成长改变，成长一次又一次帮你擦去曾经的习惯，让你可以适应新的选项。但也正因为如此，孕育了新的希望，我们奔跑着冲进滂沱大雨中，不是因为需要被世界好好教训一下，而是因为我们知道穿越大雨之后，会走到可以避雨的屋檐下，会去到渴望的地方。

我虽渴望拥有“漂泊”“无拘无束”的生活，但也情愿把自己放在末班地铁拥挤的人潮里。这并不是因为我放弃了渴望的梦想，而是我知道这些细碎又漫长的等待与忍耐，都是在为自己所念、所想的人生积蓄力量。

·03·

总有人说大城市无形中给向往它的年轻人们画了一道线，内环、外环、四环、五环……线外的人们要足够努力才能跃入线内，而好不容易进入线内的人们，又开始绞尽脑汁想要融入，成为它的一分子。

2020 年远程办公的那段时间里，我的老板动手术休了很长的假期，一个计划春天要做的品牌活动需要靠我自己一个人带队完成。这是我第一次带这么大投资的项目。看着好几个零排在表格里的预算，我感到忐忑不安。

一方面是担心钱花得不对，ROI（投资回报比）不够，这很有可能导致我被炒鱿鱼。另一方面是，线下一切活动被停止，这很有可能导致活动无法进行。我该怎么去策划？

那段时间 X 也刚好每天加班，我们时常在凌晨的时候简单聊两句。她笑我所在的团队真的是一个人当三个人用。我说她远程办公还这么卖力，又没加班工资。

我记不清自己调了多少份报价，改了多少遍活动策划。抠活动细节和活动物料的时候，我盯着白光屏幕接近 10 小时，眼睛都要瞎了，但仍找不到愿意线下拍摄的团队，我索性自己拿着相机上。幸运的是，这些付出换来了令人满意的结果。一个月后的数据复盘分析，销售和流量和去年同期相比都上涨了不少，ROI 远超过活动前期设定的 KPI（关键绩效指标）。

复盘会议结束的那天，我一个人走在回家的路上，看着戴着口罩的路人，忽然感受不到那“漂泊”感背后的萧瑟了。如果被问“那么拼干什么，又没有加班工资”时，我想我会回答：“因为只有这样，这座城市才能感受到我的虔诚。只有被感受到了，才会有一双手愿意给我拥抱。”

我的直属汇报经理是本地人，在同一个岗位坚守了很多年，几乎没见她请过假。有时候我会想，作为本地人的她都如此努力了，那我得多卖力才可以啊。但转念一想，这个城市又有冰冷的触角伸向我，假如我是本地人或许还有些许退路，但作为外地人的我，一旦停下来，是不是就要被这里迅速地抛弃呢？

我想到 X，又从她的故事里看到自己。我们都是在社会规则里努力奔跑的人，我们想要的其实很简单，就是在漂泊之后，能有一个容身之所。

·04·

“你是哪里人啊？”这个问题会牵扯出来各种复杂的

情绪，当然也曾经在职场看见找到答案的人。

Lucy 比我早入职两年，也同样是身在异乡为异客，但她的身上有一股无穷的力量，渴望从一丝一毫的每一个细节中获得归属感、认同感。为了学会上海话，她专门去报了语言班，还时不时去那种类似英语角的上海话角勤奋练习。但是即便这样努力了很久，她似乎还是无法像本地人一样自信、流利地讲出那口充满“身份认同感”的上海话。但至少在大部分时间都是本地方言的会议中，她可以听懂同事们在聊什么了。

我很难理解这种努力，但又无法说它完全是错的、是在刻意迎合，因为我曾经也想这样做。我总觉得这就是社会和职场给所有新人上的第一课，那就是不要因为自己的出身和背景而不自信，而刻意改变。本地人的确会因为这种天然优势而被青睐，外地人也的确会因为自己是外地人而被放进 waiting list（候补名单）。但成人社会的有趣之处，就是这一切的因果关联，并非绝对。

因为听不懂上海话而被“点名”的那次会议，让我想到一个人。

我曾经遇到过一个中年领导，虽是本地人，但只要有外地人存在的场合，他都会自然地使用普通话以示尊重。曾经遇到过一个女上司，因为线下卖场活动临时出了点岔子，活动参与者开始操着本地话骂不会讲上海话的工作人员，是她义愤填膺地冲上去，对着那人劈头盖脸地说了一顿：“不要以为你用上海话骂人，别人不知道。你凭什么骂我们工作人员。”当时在现场的我，一瞬间觉得她太厉害了。她成为我心中想要成为的那种职场人。

·05·

后来，X 在临近去深圳办户口的几天前，忽然给我打了个电话。电话里她激动的语气传过来，开心的程度大概仅次于中了个几百万的彩票。她说因为去年她带的一个投标项目历经漫长的挣扎后终于中标了，公司为此调整了原本的落户名额分配计划，这意味着她可以在北京扎根了。

我激动地跟她一起在电话里大喊大叫。我认为这应该是宇宙能听得懂的一种古老术语，意思是感谢，是尘埃落定，是我们的努力都值得换来这样的结果。

怎么说呢，即便在这古老术语的背后，成长会擦去一些旧的习惯，置换新的、更现实的认知：在大人的世界里，总有一些主观无法掌控的客观阻挠。

但我们一路在大雨中奔跑，在烈日下冲刺，是因为我们还坚信，只要想要，只要足够努力，宇宙会拥抱我们的心意。

“你是哪里人啊？”这个问题的回答从一开始就没有所谓的标准答案。我们行走和奔跑的意义，不是改变自己的出身和故乡，而是去成为自己真正想成为的那个人。

【昆哥 tips】

我所在的第一家公司大多是本地人，第二家公司反而没有那么多本地人。体验下来，很难说哪种体验一定好，哪种一定不好。但我可以明确的是，我其实无所谓公司里本地人多还是外地人多，我在意的是无论我是不是本地人，我所在的工作环境应当充满尊重与平等。

职场，眼泪留给洗手间

你经历过因为工作而被人骂哭吗?

你体验过“工作、生活、感情一团糟”的感觉吗?

你见证过“无解，所以只能重新再来”的第二天清晨吗?

当这三个不怎么开心的问号后面，都像期末考卷的填空题似的，被填上了肯定的答案时，那么恭喜你，你不一定成为一个非常优秀的大人，但至少你开始懂得在悲伤时调低音量，在准备放弃时重新开机。

我是个眼泪不值钱的人，看感人至深的亲情故事会流泪，听浪漫的告白会流泪，抓住爱情时会流泪，分手时会流泪，思念家人时会流泪，告别朋友时也会流泪。我把所有感性脆弱的时刻都留给了自以为值得的人生瞬间，却未曾想到，有朝一日，在我进入职场一年多时，我会因为工作而流泪。

因为我的工作是品牌营销，所以很多涉及品牌宣传层面的内容在出街前需要公司法务部门审核。审核的目的是为了检查出是否有与广告法相悖的地方，并妥善修改。有时候错误会很多，需要翻来覆去多次修改，两个团队一起劳心伤神。我已经习惯了这样的工作流程，为了能够及时交付成果，还是愿意去忍受所有的心累。

我第一次在职场中流眼泪是因为某次法务团队的总监严厉的批评。

那次审核出来的内容错误过多，法务团队的老板在工作群里对我发火，一时的情绪化让两个人针锋相对，但对方带有人身攻击的话语还是让我无法淡定，我在群里狠狠地做出回击。

在我把信息发出去的下一秒，六七个人所在的工作群鸦雀无声。有点像擂台赛的最后，我孤零零地站在众人的视野里，却没有人为我下注。

我——刚入职一年的“菜鸟”（职场新人），而对方是一个工作十多年的法务部门老大。职场求生欲告诉我，忍过去就罢了。但事实上，这种带有人身攻击的话语，已经不是一次两次了。我甚至时常疑惑，在我所在的这家满是精英的公司里，为什么会存在这样的同事？发展的理论教给我们“量变引起质变”，我想所有新人在职场里的忍气吞声也是如此。当积攒到了一定程度，假装沉睡的火山终究会爆发。

在我暗自庆幸终于出了一口恶气时，下一秒，心底无法控制的悲伤和委屈疯狂涌上来。我合上电脑跑去洗手间，坐在隔间的马桶上开始掉眼泪。你可能不会理解我为什么有如此“drama”（戏剧性）的情绪。说实话，我也不理解，只是觉得委屈。而这委屈又无人诉说，那些锋利的话语，像一把把无形的刺刀，刺向我的脊背。

或许是职场瓶颈期提前到来，工作上逐渐遇到了越来越多的阻力，我开始不停思考自己是不是真的能力不够。反复发生的错误、新出现的错误，还有恐惧未来会出现的错误，一切的一切让原本充满自信的我，开始在工作上缩手缩脚。

我坐在洗手间里很久很久，不断大口呼吸来平复自己的情绪。这听起来有些恶心，但我想不到其他更好的角落和更好的方式来消解此时的郁结了。这点小挫折也不知道当下该找谁寻求安慰。我滑动了一遍微信信息列表，除了同事，没有人可以让我倾诉。至于那个充满火药味的工作群就这样一直沉默了下去，没有人再回应。这场擂台赛也偃旗息鼓。

曾经幼稚的我，以为眼泪可以解决很多麻烦事情，例如多争取到长辈手中的一颗糖果，换到别人的怜惜。但当擦掉眼泪，洗了把脸，从洗手间默默回到工位，假装什么事情都没有发生过一样时，我好像突然明白了，成人世界里大多数时刻，尤其是对于职场而言，眼泪并不能成为“解决方式”，甚至连一种“伎俩、技巧”都算不上。眼泪止住的时候，往往意味着，该收拾起所有不甘和委屈，继续回到原来的轨道和节奏里，继续运转。

那天，我依旧加班到 10 点才回家。家里很乱，没来得及分类的垃圾堆积在角落里。也是同样的一天，女友跟我提了分手。分手不是因为工作，也不是因为我们之间任何一个人不够好。和“掉眼泪”不同，“分手”是成年人世界里一个可以被称为“解决方式”的选项。戛然而止，及时止损，简单又犀利。

那天晚上，我失眠到很晚，甚至一度觉得自己可能要睁眼到天明。我不敢听悲伤的慢歌，也不敢看发着白光的屏幕，我只是兀自看着黑暗的天花板，期待第二天天空再次亮起。

再后来，过了很久，久到我已经有些回忆不起那天所发生的一切，久到我记不清楚前任的长相。再回想起这“可贵”的第一次落泪时，我竟然觉得这是职场给我这个新人的一份礼物，虽然拆开它的时候可能会不小心割破手。时间纵深的跨度里，被上司批评或者被误解遭受委屈，真的就变成了自己的经历中一件不起眼的小事。

当然，从这些小事中的确可以洞察到很多道理。比如，我的直属经理即便知道我是委屈的，却在群里 @ 了我，希望我能主动跟领导们道歉。也比如，我还是不情愿地跟那位批评我的法务总监说了抱歉，甚至已经做好了老死不相往来的准备。可职场的现实就在于，很久后我们都当这件事没有再发生过，我们还是有很多的工作交集，但他对我的态度也肉眼可见地谨慎、温和了许多。

所以，这场擂台赛能说谁是最后的赢家吗？当很久以后去回望，其实谁都没有赢。因为这可能压根算不上一场比赛，不过是每一个职场新人都会遇到的磕磕碰碰。而我愈发笃定在职场这个漫长的故事里，没有盔甲的主角，更要活得不卑不亢。

【昆哥 tips】

职场和都市生活总会给我们带来很多沮丧的时刻，我们会感到委屈、冤枉，甚至始终无法理解为什么自己会遭遇这一切。但当时过境迁，再看到自己写的这些文字时，波澜不再，反而觉得很欣慰，因为我真实地发现自己在一步步走向成熟。所以，别担心这些难过时刻的到来，享受它，跨越它，感谢它，这将是永恒的答案。

左脚右脚总要有一只先迈出

·01·

有一个关于“第一次也是最后一次”的小故事。

美国一对兄弟 Justin 和 Tod，都是从事电视行业的编导。早些时候，两人都被诊断为患有无脉络膜症——一种遗传性视力疾病。在他们迈向 40 岁的时候，两个人的视力只剩下了 15% 和 50%。医生说花不了多长时间，他们的眼睛可能就要永久失去光明。于是他们花了 38 天的时间去游历美国，并将这段经历记录下来。这也是他们第一次目睹美国壮丽的风景。在大峡谷，他们说了这样一句话：“这是第一次看见这美丽的景色，也是这一辈子最后一次。”

·02·

在真正进入职场之前，我的大半人生都是在温和的校园以及父母的保护下度过的，对于进入社会没有那么清晰的概念。从我 21 岁去国外念书，体验国外生活，到回国参加招聘进入职场，一年多的时间，却像过了好多年。在这一年里，迎来了许多个有生以来的第一次，也告别了许多个最后一次。

在欧洲的那一年，也是我最后的校园时光，我的硕士生涯迎来最后的时刻。图书馆、教室、毕业论文、小组讨论是我生活的大部分。每个月会定期去别的国家旅行，在很多无与伦比的美丽风景前内心澎湃过。大约也是这大半年的时光，给了我充裕的时间去思考人生的意义。我渴望自由，渴望拥有一个懒散却清醒的灵魂。我渴望被爱，希望有人一同取暖，去点燃我内心一直被压抑的火光。虽然是在国外念研究生，但把这一年过得像 gap year（间隔年）。我自知内心的改变，曾经有过对这种改变浅浅的不安，但现在我似乎找到了这种改变的意义，它让我变得柔软起来。

也大概是在这段被我“逃避未来和责任”的自由时光里，我开始真正学着放松自己，只是单纯地去享受生活的本质。在这段时光里，写作上几乎没什么产出，我像人间蒸发一样，消失在许多一直关注我的人的视线外。这也直接导致在我回来后，发现大家仿佛和我疏远了很多。我收到过无数评论和私信，说认识我的时候是中学，现在已经大学毕业了，抑或读到我第一本书的时候刚结束高考，如今已经毕业工作一年了。我一时间感慨时间的仓促，但也欣慰我的读者们与我一样，都在快速地成长。有一些人默默地离开，我想也是好的事情，我们都在长大，对曾经热衷的事物会逐渐产生隔阂。我很高兴，与我有关的片刻痕迹可以短暂存活在共属于你我的记忆里。

我离开都柏林回国的时候是秋末，漫长旅行的最后一站是曼哈顿。我和同伴因为种种原因没有在原定日期登岛去看自由女神——当晚得知消息，岛上的游客被紧急疏散——因为某种有毒气体意外泄漏。我和同伴觉得是上天的保佑，所以后来改了行程，坐船远观自由女神。那时候，我临近回国，不舍的情绪在酝酿着，在某次去酒吧的夜晚忽然爆发。我不知道回国的这个决定正确与否，脑袋里仿佛有两个小人，相互争辩着。

回国后的那周，我开始后悔。心里想着，要是留下来硬着头皮努力找工作，肯定会找到的。然后熬几年，就可以申请绿卡了，国外有不错的工作、生活环境，像我这种小城市来的人，何必要挤破头去北上广（指北京、上海、广州）？这些不安我没有跟任何人讲，而是搁置在那里，然后在很多个失眠的夜晚问自己：我究竟想要什么？脑海中满意的未来应该是什么样子的？我的梦想呢？有时候想着想着就睡着了，到现在也没有一个确切的答案。后来，我大概明白，在现在的年纪去规划出一个明确的未来总是艰难的，而我能做到的就是一步一个脚印地努力。要说到梦想，还是与17岁的我所想的一样，希望有朝一日能站到“台前”，我创作的东西可以真正被大家看到。

这也是我人生第一次面临如此重要的抉择，它和高考结束后填报哪所大学的志愿不同。在这个转折点，我再也没有分数作为依据，也仿佛一下子失去了力量，陷入纠结与无助。后来我也越发明白，从此以后，人生中会有更多类似的时刻等待自己去抉择。

·03·

遗憾的是，学生时代最后一次毕业典礼我没有参加，因为那时候我正在一边实习，一边参加国内的秋季招聘会。

做学生的时候，真的不知道原来找工作这么难。印象最深刻的是，我回国参加秋季校园招聘时面试了一家独角兽公司。我过五关斩六将走到了最终面试，面试官是部门大老板。面试到最后的时候，他对我说了这样一句话：“你是一个优秀的人，但我在你身上看不到刚毕业的学生该有的那种热情，所以很抱歉，我觉得你不适合我们部门的任何一个职位。”

这句话一结束，我脑子就停顿了两秒，然后慌张地起身。屁股刚抬起来，我就尴尬地在面试官面前摔了个人仰马翻。走出公司的那一刻我还故作镇定，但在我打上车关上车门的那一瞬间，我的眼睛就湿了。

我不允许眼泪以成滴的形式出现，最多只能在眼眶里待几秒。那天上海下了雨，我穿越了大半个城市回去。在路上我无心看高楼大厦发出来的华丽的光彩，满脑子都是那最后一句像宣判一样的评语。

其实他说得也没错，我的确有些丧失了热情。但也不奇怪，从 9 月回国参加秋招开始，最拼的时候，我一周赶了 7 家公司的面试。带着盲目但想要体验的目的，适合我的，不适合我的，听说过的，没听说过的，统统参加。那时候每天最期待的不是一个自然醒的明媚天，而是刷新邮箱，得到成功进入下一轮面试的通知。手机也不离手，生怕错过公司打过来的面试电话。

这家公司的面试经历，算是给我的人生上了告别学生时代、关于求职的第一堂课。社会这个“老师”让从小到大都保持着“骄傲劲”的我第一次被泼了冷水。现在回想起这个宝贵的“第一次”经历，当初在面试官前狼狈离开的我，怎么也不会想到后来的我真的找到了一份自己还算满意的工作。

那时我在一家公司实习，一边工作，一边赶“秋招”，我身心俱疲，最后甚至有些麻木了，觉得自己是个特别没用的人。

在实习公司，我参与的最后一个项目是新年品牌广告片的拍摄。离开的时候项目进行了一半。后来，某天在新公司看到那个视频出来后，我还是感慨万千。那段时光的不容易和焦虑成为某种刻骨铭心的记忆，永远植入了我的脑海。从前心高气傲的我要学着大方地坐在那里被人审视。也是职场让我逐渐明晰了我到底想要什么，也更靠近我的梦想。

·04·

后来在真正进入职场做着一份全职工作的时候，我总会恍惚回忆起从前的一些很轻盈的瞬间。

很多次在一边快步走向会议室，一边小心手中咖啡溢出来的时候，我会想起曾经在俄罗斯迷路的那天。当时手机的 GPS（全球定位系统）坏掉了，俄罗斯人几乎不会讲英语，提前下载的即时翻译软件也并不能快速地帮我把中文转换成俄语。

于是那天，在语言不通的情况下，我带着焦灼的心情抵达了圣彼得堡的冬宫。在华美的屋宇之下游转，我透过窗子，看见了窗外毗邻的涅瓦河。它蔚蓝又平静，通向远处不知具体在何方的神秘尖塔。

几个小时后，我坐在涅瓦河边凸起的石头围栏上，没有任何目的地度过了人生中一个平淡的下午。

最终咖啡还是溅出来了几滴，溅到了我的笔记本和我的衬衣上。不过，这显然没有当下要进行的会议重要。视线落在投影屏幕上，上面满是我看不懂含义的缩写单词和百分比，但从老板们的口中大致明白了现阶段公司负重前行，有很大的销售额需要填补，疫情下的我们并不好过。

似乎很难有人做到在职场上不叹息，只是我们每个人叹息的原因和目的不尽相同。当我在午休时匆忙扒了口沙拉，着急准备下午会议的 PPT 时，阿拉斯加的鳕鱼正跃出水面，溯流洄游。有时候我也会想，比自己位置更高的人此刻在做些什么呢?

工作间隙刷了半分钟的朋友圈，认识的那个拥有百万粉丝的网红朋友，刚刚从昨晚的彻夜酒醉中醒来；隔壁品牌的市场营销副总裁正在赶往广州拍摄广告片的路上。他们一个定位在虹桥机场旁的高级酒店，一个定位在虹桥机场的出发层。

或许他们在做什么也没那么重要，重要的是这半分钟刷完朋友圈后，我需要处理一个突如其来的“烂摊子”。

明天要复盘市场表现数据分析，因为之前提取原始数据的时候错了一个数字，导致我所有的计算结果要重新做。我的直属经理给了我一个生硬的眼神，我迅速打开 Excel 表格重新导入函数，开始计算。

幸运的是，这一天还是顺利度过了，按照工作日程开完了各式各样的会，把原始数据重新提取了一个遍。我看着品牌增长又降落的市场份额，仿佛又一次看到了涅瓦河那时而升起、时而沉入平静的波浪。

阳光穿过云层，在波浪的表面撒上一层碎成粉末的金子。我试图从这无数个由零散数字和百分比组成的表格中，透视出人生的意义。它或许和那个涅瓦河畔平静的下午形成了彻底的反差，一个象征着自由，一个象征着束缚。

·05·

由于疫情，半个月前，我所在的团队被拆分。我除了要负责原来的工作内容，还增添了许多从未接触过的事情。面对着铺天盖地的市场数据和会议上仿佛听天书般的缩写名词，我常常产生自我怀疑：这份职业，甚至是我所在的这个行业，真的适合我吗？

在许多次加班到深夜回家的路上，我看着视野中灯火通明的公司大楼，想起了老板说过的一句话。她说："如果你觉得这是一件有价值的事情，那么你现在所经历的都是我曾走过的路。但如果你发觉它不是你真正想要的，那么你也应该开心，因为距离走上自己喜欢的路又近了一步。你要记住，无论是哪一种路，左脚和右脚总要有一个先迈出去，总要经历过无数次的第一次后，你才会变得熟练和轻盈。"

我后来回味这句话的时候，隐约意识到，或许此时此刻所经历的并不是自由和束缚的对峙，而是停滞和奔跑的抉择。那些生涩难懂的数字和百分比，那些算过无数遍的市场份额，那些挤满日程表的会议，还有那些应付不过来的 Word、Excel、PPT，或许都是生命给身体的加速度，必须跑起来，更努力地跑起来，才能成为可以更轻松选择自己想要什么的那个人。

在不知道该怎么办的时候，不一定要选择那条最艰难的路，但至少要迈出踌躇不前的那一步，去学习、去收获、去感受它带来的每一道风景。

职场不是生离死别，我还年轻，可以回头，也还有很长的路要走。只有在脚步迈向“第一次”之后，生活才有机会变得熟练、轻盈起来。

【昆哥 tips】

做出选择的时候总是多少会带些犹豫，对于得失心很重的人而言，选择就变得更难了。我写这篇文章不是否认选择本身的重要性，有些人刚进职场只做了一个选择，这个选择就贯穿了一生。但是除了选择本身，激发选择产生的心态和情形也至关重要。就比如当你已经厌恶到不能再厌恶当下的生活时，不妨就无所顾忌地去迎接一个未知的新方向吧。

那些在凌晨松了口气的年轻人

从阿里的会议室走出来的时候已是凌晨 2 点，作为品牌方电商团队，我们一行人刚刚在会议室里庆祝圆满完成了超级品牌日的活动目标，开香槟、切蛋糕，鼓掌欢呼着，仿佛是打赢了一场旷日持久的仗。

阿里总部的门口，施工队正在紧锣密鼓地施工，道路都是脏兮兮的。我的身后，阿里园区无数幢高楼里，一个个俄罗斯方块整齐地透出黄色的光。在这一刻，我似乎意识到，正在敲打地基的人和格子间里敲打键盘的人，根本没有任何差别。网络给了我们有趣又带着点讽刺的名字——“打工人”，我们都是维持这个世界运转的一颗颗螺丝钉。

学生时代，我总是在凌晨才离开图书馆，在都柏林的大街上疾步行走，小心不要被街道上那些酒鬼抢劫或是骚扰。那时候，我对于未来还没有概念。当然也无法想象到在将来的某一刻，我会在凌晨两点的时候接连叹息。

那天在刚走出阿里没多久，我突然接到室友的电话，说上海下了大雨，我们这一户天花板疯狂漏水。从室友发来的视频里可见，本来狭小的屋子像个水帘洞似的，水柱顺着天花板流下，房间里发出滴答滴答的声音。室友在地板上放了大大小小的盆，还有毛巾，试图接住这些水。但随着雨越下越大，屋顶倾泻而下的水也越来越凶猛。

此时是我们刚搬进这里的第三周，这里是上海一座修建于 20 世纪 80 年代的老公房，但好在离地铁站非常近。

室友通过楼上住户遗留在门口的快递，找到了对方的手机号码，并顺利联系上了对方。但对方也在出差，不在上海，没有办法回来立刻解决问题。幸好，对方留了一把备用钥匙在自己的同事那里。一个多小时后，他的同事在大雨中赶到了这里。

按照室友的描述，当他们打开门的时候，楼上住户的家里俨然变成了水族馆。地面的积水已经有几厘米高。他们迅速找到漏水的原因是阳台的管道破裂了。他们想办法让漏出来的水通过阳台流了下去，然后用盆把地上的积水舀走，再用棉被和衣服平铺在地面上，吸去了多余的积水。

忙活完这一切的时候，已经是凌晨 3 点。室友精疲力竭地告诉我，家里的水柱终于不再流了。那一刻我忽然有些愧疚，因为漏水最严重的是我的屋子。我给他发送感谢的话时，他告诉我楼上过来开门的那个女生，在拼多多工作，凌晨 1 点刚刚下班，收到朋友的消息，她立刻穿越了近半个上海赶过来了。

“收拾完的时候，我看她真的是狠狠地松了口气。”室友给我发来消息。

看到这句话的时候，我也条件反射似的松了口气，身体里那块悬空的石头终于平稳落地。我伸了个懒腰，活动活动脖子，将手机锁屏。在感受到身体终于轻便了一些的时候，我才发现自己竟然还在阿里的会议室里。

恍然想起，原来几个小时前在接到室友紧急电话的时候，我竟然想都没想，就立刻赶回了阿里的办公楼里。下意识地，只是希望自己有个落脚点，可以在遥远的角落帮着一起把这件棘手的事情解决掉。我忽然觉得有些好笑，人家都说舞蹈跳久了会形成肌肉记忆，那我这莫名的肌肉记忆，难道说是因为工作久了养成的吗？

我起身拿起背包，想着赶快离开这里回酒店睡觉。等电梯的时候，我看见旁边的会议室里还亮着灯，坐着人。我心里忽然开始祈祷，祈祷这个夜晚赶快过去，祈祷这漫长的出差赶快结束。我想，那格子间里敲着键盘的人，还有那工地里敲打着地基的人，或许也有着与我相同的祈祷。

【昆哥 tips】

人生中会有很多“用不上力”的时刻，我们很难彻底改变一些庞大的架构，比如工作，比如人情世故，比如我文中提到的漏水的老房子。每当遇到这些时刻，我总会尝试找到其存在的意义，或者说我能从这之中获得什么。后来我释怀了，可能真的得不到什么，不会有什么醍醐灌顶的大道理，也不会天降奇兵帮我修好漏水的房顶。但是当我再遇到人生中诸如此类的情况时，我变得更加从容了。

未来的我们会很好

·01·

我很爱看别人的背影。

就比如，那时我们一家在胡志明市旅行。晚上，我们沿着西贡河回酒店，走累了，爸爸妈妈就坐在河边的石椅上。我在他们身后多停留了几秒，他们的背影在西贡河简陋的灯光前显得很平凡、宁静。

一群人出去玩，我常跟在大队伍的后面，看前方形形色色的人。他们谈笑打闹，如果有合影的环节，我会小心翼翼地挪到边边角角。

和约会对象一起在路上行走的时候，我会刻意放慢步子，看看对方的后脑勺，看对方变成视野和城市风景的中心点。

甚至有的时候独处，我也会爬到较高处，看城市的背影，看万家灯火在眼底婆娑起舞。

这是为什么呢？倒也不全是因为那样的视角带给我人生更大的图景，更多的是因为我总想做个沉默的观赏者，在看着形形色色背影的时候，我察觉到安全感包裹着心头。

很多背影都长大或是衰老了。

刷 IG（一款社交软件）的时候，我看见当初在爱尔兰念书时认识的很多朋友都已经陆续步入了婚姻的阶段。在英语里有个词叫“settle down”，大概就是我们汉语里“定下来”的意思。照片中那些曾经摇曳于尘世欢场的人，开始晒出了和伴侣新搬进的公寓，共同养育的猫，还有看电视的时候挨在一起的四只脚丫。

因为喜欢的人在亚洲而到亚洲工作的那位伦敦朋友，最终要结束他的任教时间回伦敦了。我问他：有再见到对方吗？他说在人海中寻觅一颗心的痕迹要比找一枚落地的针更难。

身边的人也一样，远房的哥哥有了自己的小女儿，从此人生中多了“爸爸”这个标签。他拜托我给小宝贝起名字，我在给出的所有选择里最喜欢“安余”这个名字。“余”在古汉语中可以作为指示代词，指“自己、我”。这个名字寄托的寓意是，我希望她可以成长为一个“安于自我”的人。

跟自己差不多时候入职的同事，竟然已经在筹备婚礼了。在茶水间倒咖啡的时候，听见她在聊婚礼布置的事情，我看见她的周围有幸福的光晕。

·02·

安余，安于自我，更准确地说，是从自我中找到安全感、满足感。

这真的是一件很难的事情，我不确定现在的我是否做到，哪怕只有一点。

看 *Sex and the City*（《欲望都市》）这部老剧的时候，我总能在主人公的身上看到那种“飘零”和“摇曳”感。20 世纪 90 年代的曼哈顿和现在的上海很像，许多涉世未深的年轻人在浮躁和伪装之间寻找能够证明“我是与众不同的”的证据。他们在尘埃中飘舞，在出租的公寓里煮一碗深夜泡面，在周末的酒吧中聊转眼就忘的八卦，在写字楼干净的洗手间里被禁止吸烟。

我好像也看到了自己。

还记得刚来上海的时候，我和朋友去陆家嘴看那三座著名的摩天楼，它们跟纽约的高楼大厦比起来并不逊色，但我还是觉得那是距离我很遥远的事情。后来也的确证明了，我工作的地点在距离市中心非常遥远的长宁区。

曾经的我渴望做一个一辈子都在漂泊的人，可能有些人会嘲笑我太“缱绻文学”了，但至少到今天为止，我仍然暗自怀揣着这个梦想。

因此在这个阶段的创作里，我会尽可能地串联起这个世界的许多角落，爱丁堡、塞维利亚、莫斯科……每个我曾经到过的地方。

我也常常想，之前在欧洲一年的生活现在给人生留下了什么意义？我是指除了可以拿出来在社交场合吹牛以外。可能，更多的是，我发现自己的阈值变得更高、更广了，我可以接纳下各种类型的人、观念和风景了。

·03·

我觉得成长历程中总需要这样一段时间。这段时间像是一段温柔的缓冲期，经由它之后，人生才一往直前。

泥石随风、随季节而下，形成冲积平原，冲积平原土壤肥沃，开始滋养万物。

我想现在的我，大概就是在那泥沙俱下、沉着向前的过程。

到今天为止，我已经正式进入职场一段时间了，一些“大人们”的事情不再沉重，而变成了我眼下鼠标点击一下那般轻松。公司装修后，我很少再去天台端着一杯咖啡或是茶晒太阳了。疫情的缘故，我也无法再去健身房，就彻底把我的午休献给了工作，坐在那个格子间的中央，一点一滴地堆砌，并时刻准备追逐我的理想或是信仰。

职业生涯到现在，总归还是满意的，我觉得自己也够努力，也不畏惧即将到来的任何挑战。

甚至是欣喜于自我的某些变化。

下班回家的路上，我突然站在马路边开始处理紧急的工作问题。在那里停滞的20多分钟里，我迅速地打开电脑，沟通完一切事情，虽然不能用鼠标让我有些不习惯。路人的打量对于此刻的我而言不算什么，在按下回车键的一刹那，我甚至觉得自己是个超人。

但也的确是忙碌起来了，我习惯了随时随地加班，就连周末也要为工作预留出时间。甚至在新年伊始，我就许下心愿，祈祷新的一年我可以被工作碾压。

你可能觉得我是工作狂，但其实不是的，双鱼座怎么可能会是工作狂？

不过是因为工作能给我带来安全感，填补我情感释放不足而导致的那部分空白。

我总跟朋友开玩笑说，别看我写青春小说，写男女之间那些事情，但其实现实中的我真的是个感情白痴。

不过还是很想分享一点：当你喜欢上一个人的时候，你的所有心意和本能反应是无法欺骗你的。如果你不善斡旋，不妨就真正地做你自己，大胆勇敢地去表达。

你担心这样会吓跑对方，或者直接推动进度会影响你们的结局，但那又能怎样呢？你需要在情感旺盛的时刻燃烧自我，这才是爱自己的表现。

因此，我还是无比坚持那个原则——在爱别人之前，先学会好好爱自己。

·04·

“爱自己”这个宏大议题的内容之一，就是享受自己的生活，学会独处。

我开始习惯白天上班、晚上回到家见缝插针地赶稿状态了。深夜，我坐在电脑前，耳朵里塞着耳机听安静的钢琴曲，音量的大小刚刚好能让我听到身旁加湿器发出的声音。我会点一支蜡烛，然后打开我的暖黄星空灯，营造出我是在撒哈拉沙漠里写稿的氛围。

我依旧也会在床上吃一些掉渣的零食，每天两杯美式咖啡。不喝它们，我就难受。留学时的台湾室友送了我阿里山的绿茶，我非常喜欢。为了保养头发，我也在坚持食用黑芝麻糊。

蓝牙音箱被我算作这个“沪漂”出租屋里另一个愿意跟我讲话的灵魂。“他”在阳光明媚时，会播放温暖快乐的歌；在阴雨的时节，会传送连绵的惆怅。

我喜欢黄昏时透过飘窗看附近的街道。车流穿梭，玻璃倒映出房间暖黄的光圈。我闻见百合花的香气，觉得“万家灯火”是既孤独又美好的一个词。

如果能记得这些琐碎的生活细节，或许就能称得上是热爱了一把属于自己的生活吧。

我不需要给它装点昂贵的门面，只是想在这个世间的角落，所有它容纳我、我陪伴它的细节都可以被记得。

虽然很多时候我厌恶稿子仿佛总也写不完，开始想各式各样的理由应付编辑的催稿。但我心里还是无比清楚的，当下我正在做的是我钟爱的，是值得我为之奋斗一生的事情。

我是个幸运儿，至少在这茫茫的一生中找到了一件我爱的事情，这也是让我更爱自己、更想要好好爱自己的原因。

它带给我足够的安全感，不会背叛。

我是向来不敢用算卦或者玩塔罗牌来预测自己的事业的，所以暂时没有超自然的力量给我任何关于这方面的启示。

当然，我也已经不再是17岁的那个小男孩了，不再常常去做“一夜成名”的梦。当然不要觉得这是放弃了自我，“成名”这一想法仍旧会存在，但它在我的视野中已经不配作为“梦想”所关联的词语了。

我会继续努力，寻找到我觉得配得上且可以称之为“梦想”的那件事。

因为我们都不知道，未来的我们会有多好、多骄傲。

【昆哥 tips】

没有什么大道理要讲，想给包括我在内的所有年轻人一句温柔的鼓励：我们一直都很棒！我们要多多给自己鼓舞打气，告诉自己“我很好”这个迷人的事实。

二次生长

职场新人 禁止心碎

当每一颗不同的豆子碰撞时

·01·

我曾经在公司做管理培训生，每隔一段时间就需要去一个新的部门轮岗。

起初我不知道为什么我的同事 Bex 对我有这么大的敌意。在我轮岗到新部门的第二天，我把长沙签售时买的伴手礼送给她，她说了声“谢谢”，便丢在了实习生的桌子上。Bex 是比我年长一些的同事，工作经验比我丰富。后来我才偶然得知，我的加入，意味着她手中的一部分工作要分给我。

我试图让自己对她的印象不那么片面和负面，但对方展现给我的似乎只有冷漠和忽视。我起初判定对方大概是慢热的人，后来从老板那里得到的消息是，Bex 的确因为我的到来而感到有些不愉快，因为某种程度上意味着新的竞争。

也是从和 Bex 的相处中我认识到，那些从前我认为是危言耸听的“职场上没有真友情，都是你死我活的厮杀”并非毫无道理。即便我们有着不同的工作内容，但是汇报给同一个老板的我和她，都想要多获得一分青睐。

在职场中，我们要接受有人从一开始就有可能不喜欢你。

·02·

认识 Benny 其实很巧合，我在领英上抱着试一试的心态给他发了一则短消息。Benny 是公司某个热门 BU（产品线）的营销副总裁。因为很喜欢这个 BU 旗下的一个冰激凌品牌，所以我鼓起勇气问他，是否可以去他的部门轮岗。

也是这份小小的勇气给了我幸运，最后我拿到了去 Benny 部门轮岗的机会。虽然后来因为个人原因而选择放弃，我却意外地和这位副总裁成了朋友。听起来很奇怪，一个岗位级别如此高的前辈，怎么会和我这样一个刚入职一年的新人成为朋友呢?

我送给他一本那时我刚出版的新书《欧洲一年》作为圣诞礼物，他回赠了我一盒茶包礼盒。即便不在一个事业部，一个身处管理层，另一个是普通员工，也会偶尔聊聊工作，问候对方疫情期间是否有充足的口罩。

后来在一次品牌联合营销的工作中，我和 Benny 团队中的某个市场部同事一起工作。我们聊起 Benny，才知道他是所有员工评价中口碑极佳的一位老板。我问那位同事为什么那么喜欢 Benny。她说，Benny 是她见过的唯一一个会关照到每位员工的老板。几十人的团队，甚至包括实习生，他都记得每个人的生日，会在生日的时候为对方准备礼物。只要自己去度假，就会给每一个同事带伴手礼，并且礼物也是根据每个人的喜好来挑选的。

确实很少见到一个已经是高层的管理者，能对员工这样细心和体贴。

有一次和 Benny 聊天，我问他是如何做到这一点的。他只是告诉我：当你有心做一件事的时候，这件事即便再困难，也会变得简单起来。

职场中，职级被认为是一条规则明线，但它并不妨碍我们保持优秀的品质。

·03·

职场确实挺有趣的，你可以看到无数性格迥异的人，除了他们投射给你的冷与暖，也会存在很多你可能这辈子都无法搞清楚的谜题。

就比如，坐我旁边的同事Cony，在离职的第二天拉黑了我的微信。当看到对方的微信朋友圈只剩下一条横线的时候，我的脑海里浮现出的是两天前，她给团队所有成员发了告别邮件后，我真挚地回了一封信给她，祝福她接下来一切顺利。

我是个有点较真又有点爱胡思乱想的人。我不禁去想：是不是之前有什么地方让她不愉快了？可是我想来想去，从前交接工作的时候，或者一起讨论工作上的问题时，我都极力做到态度认真、毫无保留，两个人之间也没有闹过什么矛盾。

究竟结下了什么梁子，或者是有什么被我忽视的细节呢？我想来想去还是得不到答案，但转念一想：这个问题的答案真的很重要吗？其实，也没有那么重要。

职场中存在很多短暂的交集，有些因果，无须深究自扰，豁达些吧，问心无愧即可。

·04·

讲完了这三个故事，我发现迈入职场初期的自己，总是会十分较真，希望从这些人和自己产生的交集中，洞察自己哪里做得不够好。有的时候我越想越无解：为什么明明自己没有做错什么，或者损害对方什么，却得到了异样的评价和眼光？

想要寻找解脱，试图调和每一种联结，往往会让自己变得精疲力竭。毕竟这只是工作，作为一个普通的个体，很难做到让所有人都喜欢自己。所以那该怎么做呢？无非是多从这些经历的联结之中，善于发现一些优秀的品质，告诉自己或者规劝自己，哪种相处方式最能够让自己感到舒适，也要学着用这种方式去对待身边的人。

每当在深夜回忆起这些零零碎碎的事情，我发现认识的形形色色的人，如果不是因为职场联结，我可能一辈子都不会接触到。换句话说，职场是一个大熔炉，是一个装满五颜六色、各种各样豆子的麻袋。在我入场之前，以为自己碰撞到的无非都是同类。我是红豆，对方也是红豆；我是绿豆，对方也是绿豆。其实，当袋中的豆子们被搅拌，世界发生旋转的时候，我意识到，这个麻袋里装满了各式的豆子：不同的颜色、不同的形状、不同的质感、不同的大小。职场人生中的大部分时光，都是每颗豆子在碰撞不同的豆子。也因为如此，我才发现豆子与豆子之间的不同、人与人之间的斑斓。

【昆哥 tips】

正是因为职场中形形色色的人，我们才能够通过观察、打交道，不断修正那个心中的自己。在这个修正的过程中，我们可能会受委屈、不被理解，也可能会收获感动，但在不知不觉变成熟的过程中会逐渐形成自己的看待人与事的标准，这个标准会带领我们在更长远的未来明辨是非、自我约束。

同事是一面镜子

·01·

艾蔓以为自己胜券在握了。在面试后的第二天，她悄悄发消息给那个自己认识的 HR，对方说部门的总监挺喜欢她的，如果不出意外，签完字后下周就可以发 offer 了。

艾蔓在微信的这头小小欢腾了一下，尽管网恋的男友在第三次约会后明确了两个人之间的不可能，但找到新的工作足够让她灰暗的一个月明亮起来。

对方给了一个她目标薪资范围内的待遇。她退出微信前，还有点后悔，当初应该把薪资范围的底线填得再高一些的。晚上她约了自己的小姐妹一起出去吃牛蛙。这也是她自从离职以来，除了面试之外，第一次为出门好好打扮。

现在想想，大概多亏了我在她那条加了浓厚滤镜的蛙锅朋友圈下的一个“赞”，才知道原来这平淡如水的生活也有汹涌的瞬间。

那个“赞”之后的半个小时，某位前同事在微信上找我聊天，我才得知艾蔓上周五正式离职的消息。

“为什么啊，老板不是很喜欢她吗？”

我在微信上很诧异。按照我的观察，老板对于艾蔓的工作能力是赞赏有加的。她写的策划案漂亮，连页眉、页脚都用尽心思。她非常懂得如何讨老板欢心，每次 team（团队）下午茶总是抢先把老板点的那份奶茶或者咖啡送去老板的办公室。

“老板也不傻，好吗？”同事的回答还是没能打消我的惊讶，“能力这种东西，日久天长，大家都能看到的。”

我从对方的只言片语中试图拼凑起这件事背后的原因。大概是因为老板想要艾蔓调岗到其他城市，但艾蔓不答应，想故意提出离职使老板回心转意。结果弄巧成拙，老板非但没有改变调派艾蔓的决定，反而应允了她的辞职申请。

艾蔓走的那天，在微信朋友圈里发了一条诸如“终于解放了”的消息，所有同事可见，唯独屏蔽了老板。没有人知道她的用意是什么，大家也懒得去猜，只是默默地看着她在工作群里简单告别后，安静地退群离场。

艾蔓心里明白，她离场的那一刻，这世界上有一群人在庆祝。

·02·

我刚进公司的时候，艾蔓给我留下了一个很热情的印象。我的电脑无法使用，她主动跑去 IT 那边帮我想解决办法，还拖着凳子过来跟我讲这讲那，说这个公司里应该注意的小问题、小细节。

那时候因为我刚来，艾蔓带着我做一些项目。她像个小导师似的，分配我做这个、做那个，指出每项工作里的小细节。我多少是怀着一些感动的，毕竟在一个陌生的环境里，有一个人愿意这样带你。

然而，这种好感没有维持多久，伴随着一些让人费解的事情而逐渐瓦解。

比如，艾蔓会把自己不愿意做的活以老板的名义推给我；艾蔓成功地套出我的税前工资，还说要帮我向老板提出涨工资；再比如，她总是吹嘘自己过往的留学经历，会多国语言，其实连一个简单的英语单词都不会拼。

当时是在某次发布会的现场，我们团队成员前去布置会场彩排。大家都是两两组队合作，唯独艾蔓独自一人在那里忙活儿。处理完手上的活，我过去帮艾蔓整理一下物料。在闲聊的时候，得知她曾经在某大型外企工作过，拥有风光、令人艳羡的工作经历。她一边整理着，一边讲自己的宏图大志，说当时自己辞职前已经是经理职位的候选人了。

她问了我一些留学的生活，转而回忆起自己留学时常去的一个酒吧，怀念那才是她真正向往的自由人生。

艾蔓的确有着不错的表达能力，如果只是第一次见面，会让人觉得这个姑娘有些能力。这大抵也是老板所欣赏的。每次项目会议上，艾蔓的滔滔不绝总能收获老板满意的点头。

那时候，我不了解，原来我和艾蔓走得太近，在职场中是一件危险的事情。

·03·

艾蔓其实不胖，却总是在减肥。午饭不吃，一个人沿着楼梯下去，和 team 里往餐厅走的人们背道而行。

我原以为她是个为减肥而不遗余力的人，后来发现其实那个背影之所以落寞有着另外的隐情。

“啊，我以为你们两个关系很好呢，看她总是往你那边跑。”

“她经常拿老板压别人的，然后把自己的活推给别人做，做好了功劳归她自己，做不好就是别人的错喽。”

“你真是‘傻白甜’哦。她问你工资，你就老老实实交代了，不知道薪水都是个人隐私，要对外人保密的吗？她以为她是谁哦，她不过是个刚入职半年多的普通员工，还帮你要工资！”

“哈哈哈哈，她那些留学故事听了八百遍了，去日本待了两个月，也算留学了，厉害厉害。”

当饭桌上一句句像是谜底的话朝我抛来时，我才意识到，在这里，艾蔓是不被大家待见的存在。准确来说，我和艾蔓的热络，让大家也渐渐与我保持了距离。

在听到有关艾蔓的那些事时，我忽然觉得有点庆幸，自己幸亏是羊群中被及时发现失群的那只，从而让自己与其他同类保持在安全的范围中。但当我吃完饭看到艾蔓一个人趴在桌子上的背影时，我又感到了一丝悲伤。悲伤是因为当我看到那只失群的同类时，下意识地选择了拉开与对方的距离，以让自己没有掉队，保持安全。

后来某次我没有和同事一起去吃饭，下楼去便利店买咖啡的间隙，看到艾蔓一个人坐在窗户前啃饭团。

我问她：“今天没有减肥啊？”

她摇摇头。

我又问她："那你怎么不跟大家一起去餐厅吃啊？"

她沉思几秒，像是终于想出理由了，不紧不慢地告诉我："啊，我嫌餐厅的菜都太油了，不好吃。"

·04·

"你要小心啊，不要让她觉得你是个软柿子，这样你就遭殃了。"某位同事的善意提醒，让我逐渐对艾蔓心生防备。那些有关她的不好的历史往往都是听过就罢，直到某天，老板忽然找到我，说是希望将我和艾蔓的工作内容调换。也恰好是因为这件事，我才听说她一直在跟别人散布"我特别想做她负责的工作内容"这样的消息。

因为老板的喜爱，加上她的表达能力，老板很快有了决策。也是因为这件事，让我对她残存的最后一丝好感彻底瓦解了。

我开始像羊群中的其他同类一样，和她保持距离，但仍旧维系表面的平静。不知道从哪一刻开始，当我和同事们吃完饭回来，再次看到她落寞的身影时，内心已经不再有任何波澜。

我甚至还加入了一些茶余饭后的议论之中，得知原来艾蔓口中非凡的工作经历，差点要升任经理，不过是她的谎言，她实际上是被前公司辞退的。具体原因无人知晓，但大家似乎都不约而同地理解为“她的伪装被识破，自然也无法再继续待下去”。

几个曾经被“挪用”过工作成果的同事说，艾蔓的工资是同等级别中最高的。当一个人能力和薪资不成正比时，自然会受到他人的质疑。

但这种“不成正比”之所以成立，却是因为“老板的认可”。

也正是因为“老板的认可”，让我在得知老板对于艾蔓的主动离职没有任何挽留时，内心感到无比惊讶。

“你走后的几个项目，策划案很漂亮，但落地起来却效果尴尬。老板也有所察觉，而这时候恰好另一个同事又做得很漂亮，所以对比很明显。”同事给我的这番回复，似乎让我彻底明白了艾蔓离开的原因。

“老板其实很清楚大家对于艾蔓的看法，只不过他一直在给艾蔓机会。这个世界就是这样，一次又一次机会你都没有抓住，就算你再会粉饰、再会美言，最终也要被放弃的。”

不知道为什么，我在知道这个原因后，内心没有任何其他的情绪，反倒像一个旁观者一样，只剩下平静。

或许，离开的艾蔓就像一面镜子，某种程度上我也在试图通过这面镜子反观自己。

·05·

胜券在握的艾蔓在离职后，最终还是没有收到那家公司的 offer。

我是怎么知道的呢？因为在决定录用新员工之前，公司会进行适当的背景调查，而做背景调查的那位人事恰好就是艾蔓离职前那家公司某位同事的朋友。

艾蔓的新简历迅速在前同事之间传阅开来，大家纷纷惊叹于艾蔓的表达能力和总结能力。原本属于其他人的项目成果，在这份漂亮的简历里，都变成了艾蔓一人的成果。这其中也包括我的。

当我看到我竭尽全力在做的两个项目，最终在简历上变成了“由艾蔓一人策划监制”时，我在手机屏幕前禁不住笑了一声。

那个瞬间，我也不知道自己究竟是因为什么而发笑。是因为艾蔓这个人，还是因为这种荒唐的事竟然也会发生在我的生活里呢？

这份简历背后所藏匿起来的真相，最终让那封决定发出的 offer 被收了回去。艾蔓怎么也搞不清楚这其中的原因，因为在她看来，自己那位 HR 朋友所说的“组织架构临时调整，这个岗位被拿掉了”，不过是一个用来粉饰真相的理由。

想到这里，我忽然间内心涌出一些感叹。这个世界上的很多事情是被谎言给包裹着的，当撕开谎言的包装发现真相时，人生的本质最终会像被刮掉灰色后显现中奖结果的“刮刮乐”纸片一样。

那些卓越又令人赞叹的过往，如若没有真实的地基，即便是一场温润的细雨，或是轻松的冷风，也足够将其震荡得支离破碎。

那份简历我后来悄悄地下载了下来，保存在我的电脑里。尽管我没有再去打开它，但仍旧没有想过删除它。或许也正像在我的记忆中短暂停留过的艾蔓一样，这份简历成为我职业生涯，甚至是我人生的一面镜子。

透过这面镜子，我希望我看到的是一个踏实、认真、真正用努力和勤勉去赢得青睐和掌声的灵魂。

【昆哥 tips】

我的职场法则中一直有这样一条——尽可能地去做真实的自己。“做真实的自己”想必不需要再过多解释，但什么叫作“尽可能”呢？成人世界会存在很多“身不由己”的瞬间，我们很难把最真实的那一面完完全全展露出来。如果遇到这种时刻，扪心自问：“我这样做是否会伤害到别人，甚至对将来的自己造成弊端呢？”如果对于这个问题你有一些明确的答案，那么我真诚地希望包括我在内的所有人，不要因为短暂的利益而牺牲珍贵的“真实”。

她的时刻

·01·

像断了线的珍珠项链，克莱茵的泪珠一颗接着一颗从眼眶中落下。我从来没见她哭过，我整个人吓坏了。她的脸瞬间憋红，我也一样。我试探性地安抚她，手落在她的皮质外衣上，可惜的是，我每进一步，她就立刻防御状地后退一步。

很久没有这种惶恐的感觉了。小的时候把同年级的女同学惹哭，我想尽各种办法收拾残局，最后的结局是被老师叫了家长。起因是课间操休息玩闹的时候，我狠狠推了她一把，她的额头被撞出了一个大包。

很多很多年后的此刻，没想到已经 20 多岁的我又成了那个犯错惹别人哭泣的小孩。不同的是，眼前哭泣的人不是年幼的女同学，而是比我职级更高的同事。

·02·

因为工作上的权责问题，我帮克莱茵做了本属于她工作范畴内的事情，这让她觉得不舒服。再加上她作为团队的新来者，难免有初来乍到的疏离感，加上一些积攒的情绪，于是任由这件事情彻底爆发。我是个爱争辩的人，话锋交织的时刻从不愿退让。于是，我和克莱茵之间的谈话，从最初的争论，演化成争执，最后升级成当着许多同事面的争吵。

我说我明明是想要替她分担，她说我是把手伸过了权责分界线。

职场上的第一条铁律就是“职责分明”，并不是所有出于好意的援手，都能换来好的结局。同样，格子间很多时候也会变成上演闹剧的战场。你可能并不知道自己所经历的东西正在被加工成什么样的故事，传入旁人的耳中。

这大概是我职场新人生涯中最无法忘记的一次争吵。不是因为克莱茵那啪嗒啪嗒的眼泪声，而是我无地自容的愧疚。

像那个拼命想要让女同学把眼泪止住的小男孩一样，在办公楼下，我用力地道歉，用力地想要示好，用力地想要在下班之前把这个摩擦事件给摆平。我有些害怕我的老板会知道这件事情，就像记忆中害怕女同学把我推倒她的事情告诉老师。我不敢想象如果我的同事们知道我把一个比自己职级高的女同事惹哭了，该怎么想我，会不会对我的评价一落千丈……

我越是这样想，就越想赶快摆平眼前的事。我看着面前哭红了眼睛的克莱茵，手足无措。

即便我并不认为这件事百分之百错在我，但仍把所有责任归咎于自己。

她说："你无法理解我这个年纪的人在职场里的感受，你有一个完整的团队，同事相处和睦，而我只有自己一个人。我今年 35 岁了，我同时要做执行的事情，还要伺候好我的老板……而今天，我却要花时间跟一个比自己小 10 岁的人为了一件鸡毛蒜皮的执行工作而争吵。"

她倾吐的时候，眼泪更加汹涌了，在同一瞬间，我也彻底理解了她。我的一些无意言语恰恰戳中了她的软肋。

我觉得刚才自己那些自私的猜测和联想变得非常卑鄙。站在一个男性职场新人的立场，我好像确实不能义正词严地去说我完全理解对方的处境。但那一刻，我从心底认识到自己的错误并有一种无力感。

·03·

互联网舆论一直在渲染“冰冷”的职场对于 30 多岁的人并不友好。这对于 20 岁出头的职场新人而言，是很难感同身受的。但当我站在克莱茵的面前时，我也跟着失落起来。

眼前妆容有点哭花的她，每天兢兢业业地坚守在自己的岗位上，平常对待所有同事的态度都非常友善，即便遇到一些棘手的问题，她也总想着自己摆平。越是这样想到平日的她，我就越发自责。

“你的老板跟我同样年纪，你看她管理着多少人的团队，而我呢？在来这个新团队之前，我已经明确了底线，就是我的工作范畴不会被拆分，不会有人来触碰。因为你知道，如果连这点蛋糕我都守不住，我真的没有必要再在这里留下去了。”

我还是重复着安抚她的动作，第六下结束的时候，她终于没有再防御式地后退。

“我 20 岁出头的时候，从一所还不错的大学毕业，所有人似乎都记得我的历史，初中班级大队长、高中社团团长、大学学生会主席……但不知道为什么当我 30 多岁，仍旧独身一人，习惯了在这些写字楼里穿梭，很晚很晚才下班的时候，一下子，所有人都不再记得曾经的我了。”

“他们只记得我大龄未婚，职场瓶颈，靠着年纪升到经理级别，却根本没有团队给我带……”

她说了这句话之后，我安抚她的手停了下来。那一秒，我忽然想到了一句话——“人们只倾向于记住自己想要记住的记忆，只倾向于留存住自己认为是正确的判断”，这个现象又被称为“曼德拉效应”。

我试图补充一些关于克莱茵过去的成长史，恍惚间觉得这个社会对于她而言确实留下了太多残酷的阴影，而此时此刻的我，也成为其中的一片阴影。

30 多岁的女性，在职场上确实没有那么容易。看过太多挺着大肚子的女性同事，她们在休产假时还要保持着电子邮箱随时在线，担心回来后自己的职位会被人取代。还有那些职场上关于性别的不公正待遇，女生为了晋升，似乎要付出比男生更多的努力。

好像作为一个既得利益者，我所有的说辞都会变得“居高临下”，但当今天听到克莱茵所说的心里话之后，我的内心久久不能平复。

我忘记说了多少句道歉，多么想要看到对方原谅我的眼神。

克莱茵最终在临近下班时擦干了她的眼泪，上班族们激流般涌出写字楼狭窄的自动门。

克莱茵没有明确表明接受了我的道歉。为了不让别人看见自己的窘态，她只是拨弄几下被风吹乱的头发，整理好表情，收紧皮衣，逆着人群走回大楼。

我跟在后面，像个闯了大祸的小孩。

·04·

再后来，克莱茵接受了我的道歉。我们终于又恢复了从前的关系。我们会在清早相互打招呼，偶尔一起拼单下午茶。

虽然我不知道，她内心里因为我留下的伤口是否会真正地愈合，也不确定我们之间的关系是否可以真的回到从前一样。但这件事给我带来很深刻的影响，从那以后，当我的工作伙伴是女性时，我常常会回忆起和克莱茵的这段往事。

我不想在这个残酷的世界里，自己又无意触碰到别人的伤疤。

【昆哥 tips】

善待职场中遇到的每一位女性同事，对她们报以尊敬、尊重。不要用想当然的思维定式去处理一切职场上的问题，也许我们一些不经意的小行为，会对对方产生很大的冒犯。为了不“想当然”，就要多去“换位思考”：假如当事人是自己，我被这样对待，面对这种态度，我是否会开心呢？

相逢的人会再相逢

再见到九九的时候，我坐在偌大的会议室里，看着他把数据线端口插好，从显示屏投出活动的方案。他略带羞涩和紧张，没有戴眼镜，头发微卷，和我想象中的模样没有太大的出入。

会议室的圆桌被分成两个半球。北半球是严肃的甲方，我的老板、我的老板的老板都在这一侧正襟危坐。南半球是安静的乙方，我的客户执行、我的客户执行的老板准备开始慷慨激昂的谈判。

当然不是总结什么陈词，或者想要驳斥对方辩友。这一刻的他们，将在接下来的 20 分钟内讲演陈述，让他们脑海中的想法在圆桌上起舞，力图中标，拿下这个项目。

往往这个时候，我会变成另一个人——很紧绷，很严肃，嘴巴会笑，但是眼睛不会笑。在职业生涯第一次广告公司招标中，因为表现得过分友善而被老板“传道授业”后，我开始习惯性地摆出甲方公司该有的那副面孔。

职场是个很神奇的场域。这个场域里的世界观不知道是被哪位上帝一手架构的。当无数的新人进场，都会被潜移默化地灌输这一套游戏规则。或许它并没有那么刻板，也没有那么正确，但作为新人的我们，为了表现得专业，需要尽快适应并掌握这一套规则。

很难想到，九九见到我，会是在这样的角色脚本之下。

其实，我和九九之前并未真正见过彼此，即便我们认识了很多年，但都是在网络上。九九最初是我的一名读者，记不清我们是如何熟悉起来的。后来我念大学的时候，自己组建了一个小的自媒体团队，九九成了团队中的一员，负责日常的平台运营维护和用户增长。

印象中，我经常对九九发脾气，指责他这里没有认真做，那里没有按计划完成。因为我的年轻气盛，总在工作电话里咄咄逼人，他大多时候都只是安静地回应我。说实话，他的工作能力在同龄人中是出类拔萃的。他性格温和，善于沟通，遇到问题会冷静地思考如何应对。所以，后来静下心回忆，我猜想这个男生应该会成为一个在工作中非常出色的人。

之前有个杂志邀请我亲近的朋友写一篇专栏稿，内容是讲讲他们眼中的我。我第一个想到的就是九九。因为那个时候，他大概是这个世界上最了解我的野心和努力的人。

我们经常一起讨论平台每个月的发展计划，憧憬将来平台做大做强了，要像《中国合伙人》的几个主角那样对着晴日苍穹高声呼喊。他知道我想要什么，并保持辩证理性的眼光去看待我正在做的事情，对于我而言他是难得的良师益友。

虽然那时候我给他的薪水微薄，还总是要求他加班，但他永远给我很可靠、踏实的感觉。

后来，我们并没有如我们所想，把平台做起来，反而因为我的出国留学，一切都被搁置了。我们还保持着若有若无的联系。他会经常分享给我国内热议的电影，只是我们不再聊关于未来的规划。留学的那一年，我沉浸于自我心灵的放逐，沉浸于自由，不再向世界展露我的野心，也告诉自己当下别再逼迫自己做一个害怕“掉队”的人。

我本以为我们大概会一直做这种存在于“网络世界”的队友，但没想到，现实给了游戏剧情另一个思路。当他安静地坐在我的对面，偶尔发言补充方案的内容时，我也安静地看着他，频频点头。那一瞬间，我以为自己是在幻梦中，又回到了曾经无数个和他因为工作在电话里争执的夜晚时光。

相逢的人会再相逢，这是那天招标之后我们微信聊天时我想到的一句话。是啊，注定相逢的人，是一定会相逢的，至于是因为何种契机，便显得有趣且值得玩味了。当然也要感谢职场，给了我这样一个惊喜。

再相逢的意义，或许也不仅仅是“见到彼此”那么简单，更重要的是，我们看见了彼此成长后的模样，会在心底触发对光阴流逝的感慨。那一刻，我们在桌子对面看到对方的模样，仿佛阳光透过一面透明的玻璃，也看清了自己长大后的样子。

那面玻璃的对面，传来熟悉的声音——

“终于见面了，和我想象中的一样。”

“好久不见，我们都成长为值得期待的模样。”

【昆哥 tips】

要习惯随着年纪逐渐增长，有些人会悄然间从我们的生活中消失，有些人却会以一种“偶然”的方式存在。对待这种会让我们“略感无力”的变化，只需要敞开怀抱去接纳。很多次的“偶然”之后，你一定会发现，这个世界上不止自己，原来大家都在努力地成长。

永远是少年

·01·

据说，每个第一次见到汉森的人，都没能准确猜中他的年纪。我也不例外。

第一次见到汉森是我去外地研发部门出差，在那里碰到了他。经同事介绍，和汉森打招呼的时候，我完全无法想象，这个年纪轻轻的男人，竟然已经做到了公司高层领导的位置。

以貌取人是不对的，但在一众领导层里，汉森的气质和装扮的确有些不一样。

我猜他应该还不到 30 岁吧，然而同事偷偷告诉我，其实汉森已经“奔四”了。我捧住惊愕的下巴，印象中这类驻颜有方的人不是明星，就是天生丽质而又懂得养生的人。尤其是午休的时候，汉森和同事们一起大口吃汉堡这样的垃圾食品的样子，还是让我觉得有点不可思议。

因为和汉森所在的团队有着工作上的交集，所以经常会见到他。微信朋友圈里的他，总是晒拳击的照片，还会分享李健、朴树的老歌。有时候也从同事那里听到关于他的一些故事，说他一从国外博士毕业回国，就把青春献给了这家公司，曾经遇到过很好的跳槽机会，都没有走。因为杰出的工作能力，他也以比其他人更快的速度升到了现在这个位置。

汉森打扮得很新潮。年轻同事们谈论起最近流行的品牌时，他也能津津有味跟着聊个半天。他有品位，注重日常生活中的小细节，一度成为许多女同事眼中的“男神”。

“可惜啊，人家女儿都已经会说话了，死心吧。”同事之间经常会这样打趣，弄得汉森脸红。

也大概是因为有这样一位领导者的存在，团队的气氛总是轻松又活跃的。汉森常常挂在嘴边的一句话是，他也是我们这个年纪走过来的，所以希望我们正当这个年纪的时候，可以保留青春该有的模样。比如，在下午茶的时候执着地点低糖奶茶，明明大家都知道即使低糖依旧有很高的热量。

·02·

虽然汉森不是我的直属老板，但我在他身上发现了许多不一样的闪亮瞬间。

我想起自己在大学以及研究生阶段实习时遇到的许多老板，虽然各有各的优秀，但他们大多数似乎都不约而同地抵达了人生中的某个固定阶段：不再顾及身材，穿着固定的几身工作衬衣，露出斑驳的皮鞋，以及因为来源于不同负担而表现出愁眉紧锁。

再次申明，以貌取人是不对的。但每当想起脑海里这些过往遇到的人时，我常常问自己，如果将来自己也到了差不多的年纪，是否也会变得像他们一样呢?

这个年纪的我，拼命摇着头不愿意肯定，甚至有些不敢想。但或许，人在成熟和衰老面前，总会因为无能为力而带着某种隐情选择放弃吧。我爸就是个很贴切的例子，曾经看过他年轻时候没有肚腩的照片，和现在判若两人。

有次在朋友圈分享了我特别喜欢的一个西语小众歌手。汉森评论说，他去年公休的时候，去西班牙旅行，曾经看过她的现场室内演唱会。

看到汉森和那位我喜欢的歌手的合影时，我心里还是有些小嫉妒的。

汉森发来一个表情，说："你看，我们是同龄人啊。"我不假思索地也回复了一个贱兮兮的表情，然后兴致盎然地聊起了这个女歌手。

讲这个小细节，是因为我发现我和汉森交流的时候，会不自觉地忘掉"人设"。怎么讲呢，就是"我是下属，你是老板，所以我们讲话要懂得礼数，要小心翼翼"，形成"人际关系设定"。我丝毫没有在意地忽略这个设定之后，会发现，其实汉森更像是一个大男孩，或者说是一位来自职场，但没有那么严肃，相处起来让人舒服的伙伴。

我想这大概也是汉森能获得团队成员们喜欢的原因，不仅仅因为他是老板，也因为他身上有着一种让人觉得轻巧而自由的魅力。

想到这里，曾经问过自己的那个问题似乎莫名有了"成形"的答案：如果将来有一天我也到了这般年纪，我想成为像汉森这样的大男孩。

·03·

女同事总在八卦汉森肯定有什么保养秘诀。汉森总是故弄玄虚地说，等他将来出一本关于保养的书，会提醒大家去买。

“种草”经验帖总是劝导现在的年轻人不要熬夜，早睡早起。但我发现，在很多个深夜，汉森还在回复大量的工作邮件。他的细致让你觉得这不是一种打扰，而是一种放心。

养生节目告诉人们要想保持年轻，最重要的是保持心情愉悦，但我也常常看到汉森因为工作一个人在郁闷。

有一种民间说法是，凡事尽力就好，剩下的交给老天。但汉森似乎不相信这个，他总是要把努力变成尽力而为的好几倍。

因此，汉森在我眼中更像是一个矛盾体：既拥有年轻的心态，同时又迸发出成熟和稳重的力量；既是一个坚持健身 8 年的自律者，也是会跟着潮流带着老婆孩子“打卡”网红餐厅，对垃圾食品上瘾的活泼灵魂。

也许，这些矛盾的集结恰好在某种意义上解释了他为什么依旧年轻。

我之前在网上看到一个帖子——一位在北欧定居的网友说，自己坐公车回家的时候，看到旁边一位白发苍苍的老妇人，涂着鲜艳的口红，画着微微有些夸张的眼影，正安静地坐在那里，手里拿着一本日本同人漫画书，读得津津有味。

网友们发出感慨，说希望等自己老到头发花白时，也要继续执着于年轻时候爱的少女漫画。也有评论说，这位老太太只是外表变老了，但内心和灵魂依旧是个年轻的小女孩。

这个帖子给我的触动是，正值年轻的我们，对于衰老没有什么概念，肩膀轻轻。但令人激动的是，这个世界上有的人给了我们永远保持这份年轻、活在青春岁月的例子。

他们的存在像是某种提醒，告诉我们一个深刻的道理，那就是“永葆青春的前提是永远保有年轻以及追求年轻的心态”。

这种心态可能是点击那个自己从来没有听过的歌单，去听一听现在年轻人喜欢的音乐；也可能是爱上运动，让身体与懒惰对抗，年纪上升但皮肉紧实，没有脂肪肝；当然，更可能是坚持自己觉得对的事情，坚守自己热爱的事物。

·04·

汉森曾经在公司内部做过一次分享，讲自己为什么愿意在这个公司里坚守这么多年。

听众们热情昂扬地给出一个又一个可能的答案。

“因为待遇好，还不用打卡。”

“因为通勤时间短，离家近。”

“因为热爱，因为想要做出一番属于自己的事业。”

…………

五花八门的答案换来汉森一个个点头赞同，但最后他说这些都不是他心目中最终的答案。

他说真正的原因是因为他想验证一个“假设”。

汉森说在很多年前自己刚刚毕业、初入职场的时候，在这家公司遇见了自己人生中最想感谢的一位老板。这位老板像是他的启蒙导师，让他飞快地成长。后来这位老板因为女儿生了病而不得不离开公司。

在离开前，老板留给了他一句话：“如果多年后，你还能坚持像当初那样的心态和心境，那么证明你做了对的事情，这个世界没有残酷地像改变大多数人一样改变你。”

像是为了努力印证这句“如果”，汉森在这里一待就待到了现在。虽然最后他知道这个“假设”可能永远无法百分之一百地证明是真是伪，但至少到现在，他确认，自己的内心里还在坚守某个信念，那个信念像是无形的力量，推着他一步一步走到今天。

那次分享会结束后的第二个月，汉森再次被提拔，成为亚太区重要的管理层领导之一。所有人都以祝福的眼光，等着他请大家好好撮一顿的时候，汉森却没有接下这个担子，而是离开了公司，选择自己创业。

这个决定让很多人都难以理解，毕竟这是个千载难逢的机会。机不可失，失不再来。

尽管在最初听到的时候，我也感到惊诧，但在汉森的Last Day（最后工作日），大家给他送别的时候，我仿佛明白了这个大家不理解的决策背后的某层意义。

我想也正如汉森自己说的那样，他希望自己的人生不是按部就班，而是坚守自己觉得对的事情，活得像最初时一样轻盈。

我一点也不觉得难过或者惋惜，相反，我心底忽然感知到了某种伟大的自由的力量。

离别时，所有人为汉森写了一张卡片，我在上面留下的那句话是——

“希望将来再见到你的时候，依旧青春如往日，自在若少年。”

或许，这句话也是写给未来某时某刻的自己。

【昆哥tips】

我第一份工作是做品牌营销，老板希望团队成员可以打扮得时尚一点，突出自己的“少年感”；我的第二份工作要面对客户，领导们则希望我们每个人都可以“成熟”一些，因此要西装革履。当然这是行业与行业之间的不同，对于装扮“专业”有着不同的定义。但我想，这篇文章更多的是希望无论年龄和外表，我们的心态要尽可能地保持像少年一般包容与开放，至少当我们年纪更大一些时，不会变成别人眼中的“老古板”，而是还能跟公司里年轻的实习生对上话，这样不是很酷吗？

你值得更好的

·01·

在进入联合利华之前，我拿到了另一家公司的 offer。我在那家公司做过实习生，老板很喜欢我，希望我可以在拿到毕业证之后留在那里。

但那个时候，我每分每秒想的都是逃离，因为我觉得那里配不上我。很多次和同事一起吃饭，大家会调侃说："你是'海归'，又是名校毕业，还那么有才华，为什么会选择来这里？你应该去那种大外企，那里才符合你这种精英风格……"我记得这样的对话总是会在午餐时间发生，在那家公司破旧而充满奇怪味道的食堂，大家像工厂里刚刚歇下的工人一样，群聚在整齐的桌子旁用餐。

虽然我不觉得背景和学历是划分人与人的固定标准，但我确实拥有比他们之中大多数人更好的教育背景。那些成人社会里给人进行"三六九等"划分的规则，加上同事们的评价，如“这里不适合你”“你应该去更好的公司”云云，无形中让我开始觉得自己似乎真的不属于这里……

有一种矛盾是，一方面想要跳出世俗建立的评判框架，另一方面又试图从这种分类之中找到人生的支撑感和成就感。

·02·

最终，我还是离开了那里，再不用为了硬性的“996”打卡而每天无所事事地撑到深夜才下班。收拾东西走人的那一天，人事部总监把我叫去她的办公室，狠狠地骂了我快一个小时。她用了很多令人无法接受的极端评价，但我丝毫不在意，左耳朵进，右耳朵出，假装愧疚地低着头任她随便说。因为我知道，我解脱了，只需要再忍这几个小时，我就彻底解脱了。

不过也要感谢这位人事部总监，如果不是她的训斥，我甚至还觉得自己对这家公司亏欠太多。

搬东西离开公司的时候，我在电梯里听见不认识的同事聊着公司的八卦，说是某某部门最近离职率很高，“金九银十”，大家都忙着跳槽。我内心里有一丝窃喜，因为我也是他们口中那些挣脱牢笼者之一。

办完离职证明的那天，恰好是蒙蒙的雨天，耳机里传来蔡健雅的歌曲《半途》，淅淅沥沥的雨声让我平添了离别的情绪。就这样，我结束了职场新人的第一段旅程，“心高气傲”地离开了不属于自己的地方，拿到了更好平台的入场券。我的内心没有任何的眷恋与不舍，充满了对未来的期待。

就像《半途》里的一句歌词:“离开从不是，愿望的项目，却在生命中一再反复。”离开之后我入职了联合利华，成为快消行业顶尖公司的一名管培生。仿佛真的是应验了曾经的同事们说的那些话，我应该去大外企，那里才是“我这种人”该去的地方。

·03·

一转眼，我在这家公司待了两年多的时间，关于前一家公司的记忆逐渐被现在的工作覆盖。部门里来了新的同事，她拥有令人羡慕的教育背景：北京大学本科毕业，哈佛商学院硕士毕业。包括我在内的老员工们都在惊讶，这位新同事为什么会选择来这样一家公司，她明明值得更好的平台。

听到了非常熟悉的话语，换言之，这位新同事来到了一个“她这种人”不该来的地方，她应该去更顶尖的公司，蜚声全世界的公司。偶尔我会去猜想，这位新同事是否也拥有和我当年在上一家公司时同样的心境呢?

周遭的声音是否会强化她内心关于这里的不认同感呢?

“心灵鸡汤”里会写，其实她并没有，她选择了既来之则安之，稳扎稳打，一步步朝着自己心里的目标前进。但职场现实往往带来相反的结局。在跟这位新同事逐渐交心后，她告诉我她其实很早就想离开这里了，时值“金三银四”的跳槽季，她已经接到了很多家公司的面试邀请。

我跟她关系不错，打心眼里支持她去一家更顶尖的公司。因为在这个社会金字塔中，她本应该站在更精英的那一层，在受到仰望的同时，仰望更高的天空。

·04·

很多次午间用餐聊天的时候，她问我会不会在意这个社会给每一个人的定义和评价，我说当然会在意，只不过我会更加关注积极的一面。

人存在于庞大的社会体系中，每分每秒都在接受着标准的考量。你我靠着勤奋苦学，获得了更好的教育，拥有更好的背景，理应被回馈更高的评价。然而，我们所处的这个世界，或者这个社会体系中，天然存在着一种金字塔似的结构，评价标准往往就是由金字塔顶端的那些人所建立的。

我也经常跟身边一位虽然工作平台很普通、但工作很开心的朋友聊天。在他的眼中，人生并不是一定要爬到金字塔顶端才算完整，像他这样做着一份自己喜欢的工作，每天开开心心的，也足够了。

我完全赞同他的观点，人生当然不应该被这些标准所裹挟。只是我认为，我们当中努力向上攀爬的这一类人，或许不是为了刻意去迎合这些标准，而是借由这些标准来找到人生攀爬之路中的一座灯塔、一个彼岸。这些标准的存在不是让我们变得更加世俗、刻薄，而是更好地认识自己，督促自己前进。

我们值得更好、更顶尖的，是因为我们的能力配得上更好、更顶尖的。既然不满足于现状，觉得现状配不上期待中的自己，那为什么不尝试着更努力向上攀登呢？可能在爬上金字塔顶端后，你会发现那里的氧气稀薄，可能会不开心，有想要放弃的念头。但是至少我们曾经拥有过那里的风景，证明过自己。

【昆哥 tips】

到目前为止，我的两份工作都算是行业内的顶尖平台。诚实地讲，平台确实带来了很多光环，我欣然接受，但也会诚惶诚恐，因为这种“感觉良好”是外在赋予我的，很难想象将来如果没有了平台，我是不是就一下子失去了很多光芒？我们需要有一颗“努力追求更好”的心，但也不能被“平台好就是我好”的标准裹挟了。将平台的优势真正内化为我们自己的价值，这才是金字塔塔尖的秘密。

三千世界

职场新人 禁止心碎

工作日禁止心碎

听说过这样一句话："情侣应该有的默契就是——工作日不提分手。"起初以为是玩笑，想着成年人分手就干脆点，不必拖拖拉拉，没想到当分手这件事真正降临在我身上时，我才明白这句话的意义。

记得是 2020 年夏天的某个周四深夜 11 点，是我提的分手。送完分手礼物后，我从对方家离开。我在小区门口的马路牙子上坐了很久，想着这个已经被打车软件记住的地址，从今天开始就要彻底被我从记忆中擦去。

那天晚上我失眠到凌晨 4 点，在床上辗转反侧。双鱼座太爱哭了，不分男女，我的眼泪不需要耳机里的背景音乐就可以哗啦啦地淋湿枕头。我一边无止境地悲伤，一边不停地看着手机上的时间，再过一个多小时，天就要亮了。

我吃了一粒褪黑素，想要逼迫自己赶快睡着，因为明天一早还有很重要的会。我开始后悔，为什么就不能忍一天再提分手呢？至少应该让双方都有周末两天的时间来缓解心碎的感觉。在褪黑素的帮助下，我迷迷糊糊地闭上了眼睛，陷入一个深渊一般的梦境。梦境里是我同前任无休无止的争吵，是对方向我倾诉职场上遇到的瓶颈，是我从片场收工发消息说“我想你了”。一如往常被闹钟唤醒，算了算自己大概也就睡了不到两个小时。

上午 8 点 50 分，离上班时间 9 点还有 10 分钟，我在洗手间的镜子里看了看自己布满血丝的眼睛，然后镇定地走回办公室。

“要假装什么都没发生一样，虽然实际上对方也并不关心我到底经历了什么。”

“同事问起来，就说自己昨晚熬夜加班了，即便我最近不怎么忙，没什么班可加。”

“或者说是过敏了吧，对空气里的细菌过敏了……这是我自己听了都不会相信的理由。”

后来回忆起来，那个周五，也就是提分手的第二天，我整个人都像在幻境中游走一般，轻飘飘的。亲近的朋友们知道了这个消息后，纷纷发来消息安慰我。我一天之内安排好了长达一周的分手局，和不同的人，在不同的场所。像解固定方程式一样，都市钢铁森林里的年轻人，解决分手这件大事，只需要几个小小的元素——朋友、酒精、哭诉分手故事以及 diss（数落）前任。

但在方程式写下“解”这个字之后的漫长运算中，无法忽略的一点就是，你无法让自己原本正常的生活因为这件事就突然停滞了，你还是要该怎么上班就怎么上班，该怎么加班就怎么加班。职场不允许你有一丝懈怠，工作日不能充当你的分手纪念日。要想得到方程式正确的答案，就要让自己快速从心碎中释怀，或者从源头“禁止心碎”。

当然，我也知道，“禁止心碎”的人生有多无聊。

因此，越来越多的人开始惧怕在工作日做出这种危险的动作。不仅仅是“心碎”，甚至一丁点心脏的波动，都要让位给漫长的会议、不容许延期的工作汇报以及老板不知道什么时候就突然冒出来的微信消息。

之前聊天的时候，我听说有同事是在老婆进产房的当天才请了假去陪产的，还有同事开刀动手术的前一个小时还在回复客户邮件。听朋友讲，她的上司是公司的核心人物，在忙完其父亲葬礼后的第二天就回公司继续“主持大局”了。还有隔壁部门流传的八卦，女老板上午去民政局办完离婚，下午就像什么也没发生过似的来上班了……

这些故事不一定会发生在每一个职场人身上，但似乎都暗示着某个道理。都市生活中的我们都不想心碎，又难免心碎。当心碎发生在与工作和事业相重叠的时刻，我们才看清了心碎的“成本”有多么高。因此成年人为了及时止损，学会了让这些重叠的时刻尽力保持原本的节奏，学会了隐忍和坚强。

不过话说回来，其实心碎发生的时间没那么刻意，非要让你躲过初一或者避开十五。当你意识到自己已经走到变化的路口时，大胆去心碎吧，职场和生活会逼着你自愈的。

【昆哥 tips】

解释一下，并非成人世界禁止心碎，而是忙碌的生活节奏逐渐让“快速”变成了疗伤的要求之一。当然成年人有很多方式去疗伤，不过我往往会猛扎进工作里，让工作带着我遗忘所有难过的记忆。我不是鼓吹每一个人都选择这样的方式，只是我希望每一个人都明白：生活总在继续，在挺过一段时间后，我们会与自己和解，原来那些心碎的时刻，都会在将来凝结成一颗颗钻石。

欲望都市与摩登爱情

·01·

初秋的奖励，不仅仅在于工作日自己订给自己的一束奶黄色玫瑰，还在于发现听到熟悉的背景音乐时不再想起某个人。

在分手后修复自己的那段时间里，遇到了新的约会对象，但始终未见面。很久之后，没想到再次发生交集是在工作的聊天群里。成了甲乙方同事的我们很尴尬，没有任何寒暄，装作互不认识。反倒是这样的情节让我意识到，在告别不完美的感情之后，已经很久没有开启任何新的社交，或者主动去认识新的人了。

在上海这座大都会中，一旦主动中断了社交，那么可能真的不会有新人再走进你的生活。在看多年前的《欲望都市》或者几年前的《摩登爱情》时，我未能参悟这个道理。直到自己真的这样做了，才发现无论是曼哈顿还是上海，生活在这匆忙的城市中，老天爷不会为你早早准备好你想要的人。

那首背景音乐叫作 *You were good to me*，恋爱时我们一起躺在床上，蓝牙音箱里在播放这首歌。第一次主动喜欢上一个人的时候，荷尔蒙告诉我香水会附着一个人的记忆。后来又发现，原来不止香水，一切共同开启、共同拥有的物品都会粘连上瞬间的记忆。

在停止新社交半年后，我无数次播放过这首歌。在仲夏深夜的办公室里，在去郊游的田间小道上，在很多个周六燃灼的烟蒂和金酒气泡水间。

的确也没有其他回忆用来反复温习，欧洲的那一年已经太过遥远了，刚刚进入社会的新鲜感也消失殆尽了。我不愿意烦琐、恼人的职场事态持续盘旋于周末或者假期的脑海里，所以只能像洗衣服一样，将那段短暂的感情反复揉搓和拍打。不过我知道，我只是再想起那段回忆里的自己，而不是再想起那个人。

因为那段回忆里的我，太不像我了。

·02·

我有个旁人听起来可能会觉得奇怪的私人习惯。

如果我真的对某个人动心了，那么在我决定死心的时候，都会准备一份礼物给这个人。在礼物的某个角落里，我会写上一句话，那句话是“Remember me”。听起来很矫情，但是我的的确确把这个小习惯坚持到了今天。

与好久不见的朋友吃晚餐的时候，我们聊到了彼此最近的感情动向。我知道她去年迎来了迟到的初恋，但没想到这份感情也只维持了 3 个月，他们便平和地分手了。谈及自己的时候，我甚至还有点想听她嘲笑我两声，因为我谈了一场史上最短的恋爱，一场不能称之为恋爱的恋爱。

朋友说:“很正常，在上海这座城市，能坚持一个月的恋爱都算金婚了。”

朋友帮我算卦，说我今年会遇到“正缘”，这个缘分可能会给我的人生带来很棒的意义。当我遇见 T 的时候，我以为这个人大概就是这个卦象背后的正解了，我很渴望抓住对方，至少在我写下那句“Remember me”之前，我都相信应该就是这个人，没错了。

我真的不懂恋爱，为了了解对方，我开始疯狂搜索关于星座的信息，对方的一举一动所折射出来的信号，我都迫切地想要解读清楚。那段时间，看知乎、星座视频、爱情运势文章成了我的日常。

然而，最终的结局还是没能如我所设想的那样。在我隐约暗示说不合适之后，对方也没有多做挽留，我们便这样分开了，像未曾认识过一样，湮没在了上海两个位置的尽头，消失在了对方的电子屏幕中。

·03·

不再联系彼此的第二天，我很想挥斥方遒，写一篇文章。

但我最终没有这样做，隔了大概一周多时间，我陪设计人员在深夜加班的某一天，我才小心翼翼地写下这些文字。

朋友问我到底有没有喜欢过这个人，我的答案是肯定的，不然惜字如金的我何必为一个人写这些东西呢？我开始问心底的那个自己，我到底在意的是恋爱对象，还是“谈恋爱”这件事情本身。

“放过自己，也放过别人”，是好朋友给我的忠告。后来，我用这句话来解释大多数我理不清的时刻，包括我的这段匆匆逝去的感情。我想这句话也是大都市教会很多“新新人士”的一句真理，无论多纠结一秒还是早早洒脱，那个人最终都会消失在人海中。

当我冷静下来，再去试着记录这难得的情绪时，我发现青春的珍贵，或者 20 多岁的意义。

我十几岁的时候写过一篇小说《洁癖》。那篇小说发表在《最小说》上，是我年少时候称得上骄傲的一件事。写这篇文章的时候，我刚满 24 岁。我意识到，原来曾经一知半解的爱情理论，终于在自我这个载体上得到了验证。

我清晰地认知到，我是一个患有“感情洁癖”的人。

强大的占有欲、疯狂的排他性、在意对方的历史、渴望被专心对待……太多标签被压抑在一个躯壳里。我不知道在这座摩登都市里，是否会有人跟我相似，但我想象着，像安妮·海瑟薇在电视剧《摩登爱情》里的角色那样，这个城市里总会有个人理解你，想和你成为同类一样地走近你。而那个我，则总在以为自己收获了爱情的时候，又因为诸多猜测和不安全感，迅速从高处直降，跌落在坚硬的地板上。

这或许又是一句矫情的总结，但怎么说呢，在告别这一段短暂的关系后，我又更了解了自己一些。

患有“感情洁癖”的人，就真的难以拥有爱情吗？

·04·

那段时间我的小说接近完稿，因为创作的缘故要用到荣格的依恋理论，所以我疯狂往自己身上套荣格理论模型。

或许是因为第一段感情并没有带给我多少正面的意义，所以我会在看见火苗的时候，疯狂地想要靠近、想要抓紧。

旁观者清，也知道这样着急的“飞蛾扑火”往往不会有什么欢喜的结局。可我控制不住自己，我是一个不怎么会掩饰自己情绪的人，喜欢就是喜欢。

如果说这段感情带给我什么启示的话，我想给每一位读到这里的人分享一句我自己总结的话。

那就是，所有独处的时间都不是无意义的，并不是在浪费生命，而不符合自己原则的感情，纵然你获得了爱意，拥有了陪伴，也是一种沉默的自我消耗。

如果要选择一个人开启一段爱情，那么这个人一定要是和你对爱情的见解一致的人。这个“见解一致”不是每一丝一毫都百分百默契，而是在对感情的态度和价值取向上拥有与你相同的步调。

假若怀抱着这样的标准去看每一个从你身边擦肩而过的人，或许曾经你觉得遗憾的人其实也没有那么值得你遗憾了。

·05·

之前读的一本诗集，有这样一小段很打动我。

> 感觉好似你把我抛在了
> 离我自己很远很远的地方
> 自那之后我一直在找寻着回来的路[1]

这让我想起我的所作所为。分开之后的我似乎也一直在努力找回最真实的自己。

我找回那个很爱工作的双鱼座，开始接更多的项目，开始沉浸于努力工作，夜晚公司自动熄灭的节能灯和账户里增加的余额支撑着我在这座城市里更坚定地生存下去。

我开始积极主动地去医院，把推迟了许久不敢面对的手术提上日程。我知道那会很痛苦，但仍旧下了决心。

我把更多的时间分给了朋友和家人。我不在意都市生活中是否有陌生的面孔给我新鲜感。我把“需要别人”和“被别人需要”都交给了那陪伴我很久很久的灵魂们。

我又恢复定期给自己买花的习惯，不再期待出人意料的惊喜，不再等待刻意制造的浪漫，不再因为想要抓住一

---

① 选自露比·考尔所著的《在爱的废墟上》。

个人而变得在关系中如履薄冰。

后来开始的所有回忆里，我又变回了我。

·06·

其实，匆忙追逐新鲜感、苦苦找寻港湾的那颗心稍作停歇也是一件好事。双眼会告诉你，这座城市、这个世界里，还有好多需要你去看的风景；大脑会提醒你，要学着把期待别人爱你的方式变成你爱自己的方式。

继续吧，从这一刻继续。在上班的路上留意秋天的落叶，在忙碌的工作间隙眺望远处掠过的航班，在疲惫的深夜洗一个舒服的热水澡，在周末独自一个人去博物馆，在下雨天和朋友一起煮家庭火锅。

你会遇到那个你认为是对的，且对方也觉得你是对的的人。只不过在遇见对方前，别太心急，你仍旧是一个美丽又独特的个体。

当再次闻到熟悉的香水味，听到熟悉的歌，看见曾一起走过或拥有的景色，都感到稀松平常，都不再泛起涟漪的时候，那么你要恭喜自己一声——你，又成熟了一些。

初秋的奖励，是玫瑰在第二夜就完全绽放开了自己的身体。秋日早晨，看见它兀自美丽的时刻，一束阳光打下来，我感到前所未有的轻松。那独自挨过的一些时间，用来不再想起你的时间，相比“爱自己”这持续一生的议题，根本不算什么。

“如果我是自己生命里 / 最长情的陪伴 / 难道不该现在就开始 / 好好亲近与关爱 / 这个每晚都要与之 / 同床共枕的人。”①

【昆哥 tips】

有时候，我们不得不承认摩登都市给一切纯粹的事物染上了“浮躁”的气息。每个人可以选择最适配自己的“爱情”，快或慢，黏合渗透或保持优雅距离。我想说，我们需要对爱保持信心，不要仅仅因为一些表象，而蒙蔽了想要“真诚去爱”的心。大都市里人如此多，真诚的心永远和真诚的心距离最近。

① 选自露比·考尔所著的《在爱的废墟上》。

再度听到她的声音

·01·

故乡的晚霞真好看，从蓝色晕染到紫色，紫色渐变到粉红色，最后烧红了整片天空的脸颊。好久没有这样抬着头发呆，专注于仰望天空，看它在夜幕低垂前妖娆的身姿。

这是故乡的魅力，恬静而又温柔。我看着黄昏的光线照射进来，我家窗台上那棵巨大仙人掌的每一根刺都发着光。有好几次，我以为又看到了在都柏林时的天空。

这次休年假回家是一个月前决定的。我粗略估算了时间，跟公司提出申请之后，迅速订了回家的机票。因为去年过年是跟家人在越南旅行中度过的，所以大约也有两年没有重返故乡了。

故乡的生活会单调无聊，但我就是很想回去，想坐在我爸车子的后座，看他娴熟地开车，想盘腿窝在沙发里，跟我妈聊亲戚邻里之间的八卦新闻。

在 2019 年出版的《欧洲一年》里，我曾经写过一篇文章，大意是因为失恋，我一个人跑到了有着动乱风险的土耳其旅行。

这次回家也颇有点类似的味道，是想要在这个只属于我的温暖又不理世事的角落里，积极地避世一阵子，人间“蒸发”一阵子。

·02·

做出“回家”这个决定的那些日子，工作、生活、感情一团糟。

工作进入新的阶段，加班变多，我常常成为整层办公区最后一个离开的人。即便回到家里，很多时候我仍要打开电脑，继续做看起来永远不会结束的工作。其实有很多地方我可以偷懒的，蒙混过关，或者推给其他人，以及推给实习生来做，但是我总觉得自己弄一下，可能会更快结束。

生活的许多个角落疏于打理：飘窗落灰了，香薰蒸发完来不及更换新的，无数次忘记晾晒洗衣机里已经洗好的衣服。“家”的状态，最能体现一个人此时此刻的状态。这句话大概可以洞察出那段时间我的“失衡”。

我在豆瓣上碎碎念自己的情绪，有朋友在下面给我留言：“如果一份感情让你觉得不快乐，那么就要考虑一下，这份感情真的是你想要的吗？”身边的很多人也劝我及时止损，我也想做个洒脱的人，但在我的字典里，洒脱的前提应该是“不喜欢了，不爱了”。

工作、生活连同着情感的压力和委屈，堆积成一座雪山，瞬间冰封了我心中那坚持停留在热带的莽原。我已经记不清楚是哪次深夜，在连续24小时没有入睡，而又加班的情况下，我崩溃大哭，仿佛能冲破手机音量的最大值。

我也不懂自己到底在哭什么，明明是每个职场新人都会经历的成长期，每对情侣都会遇到的感情问题，每个年轻人都会遇到的生活倦怠，自己又不是个例，别人可以忍过去，我为什么不可以呢?

可当酸楚的情绪如同三颗柠檬炸弹在口腔里爆破的时候，身体阈值告诉我，不是那么简单就能忍过去的。

·03·

因此，我选择了逃避——一种许多成年了但还没长大的人的惯用伎俩。

逃离喧扰的世界，逃回我的温柔乡。

我躺在陪伴我长大的单人床上，看着天花板，墙壁上有我儿时的肆意涂鸦。我妈新换的书架上摆了我在青春期读过的小说、拿过的比赛证书和奖杯。趴在窗台上，看小区里曾经稚嫩的树苗已经长高，枝繁叶茂地成了“老树”。

房间里暖黄色的灯光下，我突然意识到自己好像真的长大了，不是迈过 18 岁成人分界线的那种仪式感地长大，而是真真切切、悄无声息地长大了。

记不清很多小学、中学同学的名字了，忘记了我家洗手间三排开关哪一个是照明，哪一个是灯暖。很多埋藏在心底不能跟任何大人讲的秘密，似乎还没来得及好好保留就已经不再重要了。会在妈妈帮忙整理好的旧书里，翻出青春期写下的一些卡片或是便利贴，字迹中透着不谙世事。

儿时的秘密被忘却，成为大人后的秘密又继续被身体妥善保管。开始变得会注意和所有人之间的距离，无论亲疏，并尊重这种距离。说话会小心翼翼，会克制隐忍那些彼此不愿意听到的关键词，会强迫自己有耐心，会参与许多从前不愿意参与的话题。

这应该就是某种长大的意义吧，当然，也是我爱故乡，以及它回馈我、我回馈它的方式。

·04·

每个黄昏，我都在客厅里踱步。我家住在顶层，所以可以轻易抓住天空最真实的颜色。我凝视着那平坦的穹顶，听见我妈在厨房里开火的声音，听见我爸下班回家转动钥匙开门的声音。

待在家里的这些时日，除了处理必要的工作，我努力让自己试着抛去所有的杂念，只是单纯地度过每一个单调的日子。

花很多时间去读书，以及在不同房间里溜达。爸妈现在都手机上瘾，每天各自捧着手机，沉迷于网络世界。我很享受这种氛围，黄昏一过，天色暗下来，家里没有打开明亮的灯，我们会彼此分享从手机上看到的趣闻和视频。

空气里有细微连绵的声响，是呼吸声，是空气净化器运作的声音，是高级哺乳动物在经历物竞天择、层层进化之后，陪伴着心爱之人听到的声音。

我想到在书里读到的一句话:“再度听到她的声音，那个声音跟我谈过几千万次话，谈过各种重要和平凡的事。”

读到它的时候，爸妈正坐在我旁边的沙发上，对着手机试图搞清楚一个单位活动要求发送的参赛图片。他们的对话漫长而琐碎，但那一瞬间，我好像真切地体味到了什么叫作“重要和平凡的事”。

那些“重要和平凡”的对话，一遍又一遍，千遍万遍，在你最熟悉的人身边发生。

一开始，你们是这个人世间最不相干的两颗豆子，经由尘世摇曳，你们相遇，走过漫长岁月，最后视彼此为一生永恒的红豆。

一想到这里，我的眼睛开始有些湿润。

·05·

你瞧啊，工作、生活、感情有时候的确会让人生陷入困境，变成一团乱麻，让人不知道该如何是好。但其实，在这个世界上，一直有一个港湾、有一些人会等待着，等待着治愈你、拥抱你。

无论是否知道你到底经历了什么，他们总是在那里，始终如一地凝望着你。

故乡的晚霞短暂地挽留了对过去恋人的回忆。当裹着月色的黑夜沉静地掩盖了最后一秒白日的杂音，时间和世界都在郑重提醒我，一切都会奔赴温柔，回归平静。

有一个成语叫“否极泰来”，我还是那个很爱自己的我，我知道一切都会好起来的。

当我再度听到故乡的声音，听到她的声音，我想，是时候继续前行了。

【昆哥 tips】

我知道你很忙，因为我和你一样，每天被生活和工作追着走。百米冲刺运动员听到枪声就立刻开始冲刺，不会回头，一心向着终点。可你又不是“百米冲刺选手”，总会找到时间回过头，看见那一直停留在起点等你的故乡。所以，找点时间，回家看看吧。

回不去的故乡

作为从小学毕业就离开家外出求学的我，早已经习惯了远离故乡的生活，从一个城市到另一个城市，从一个国家到另一个国家。但不知道为何，在上海生活的第二年，却时常有因为“故乡”而萌生惆怅的时刻。似乎在见识了世界的广博和绮丽之后，故乡开始变得缄默，只剩下单调的色彩。不能说是嫌隙，而是准确地意识到，曾经养育自己的故乡，似乎没办法再回去了。

我的意思是，像曾经那样习焉不察、日日夜夜感受她的烟火气息与日常琐碎的日子，似乎没办法再回去了。就像马匹辗转的旅程，我们清楚地知道哪些是终点，哪些只是途经的落脚点。我来自一个鲜为人知的小城市，那里靠着能源养育着一方水土，父母在那里抚养我长大，在我的身体里烙印下这个深刻的故乡符号。

从都柏林回国那段时间，父母已经不再问我是否打算回家找个工作生活，因为我想他们心里也知道，故乡于我而言，似乎已经成为回不去的“远方”。理想生活和故土生活之间的直线距离，让我想起在都柏林求学时的朋友Xavier。

都柏林的落日余晖有点像不小心晕染过度的水彩画，粉红色轻易地把整座城市变得很童话。那是我第一次和Xavier见面，在都柏林的那标志性的建筑“大柱子”前。彼时，我刚在马来西亚中餐厅吃完一盘炒河粉，牙齿上不小心沾上了一片菜叶，我们相约一起去一个读书会。

Xavier指了指我的牙齿，我用手机照了照自己，才意识到此时此刻有多尴尬。Xavier说，他不介意我用手指弄掉它。我撇了撇眉头，对他说“Thanks”（谢谢）。那时候，Xavier刚从故乡巴西跨越大西洋抵达欧洲，英语说得很不利索，对这座城市也非常模糊。我们乘坐电车去城市另一端的角落参加读书会，美其名曰是读书会，于我而言，是为了“蹭”到一顿免费晚餐；于他而言，是想练习一下口语。

巴西人大概都有南美洲那种热络性情，Xavier很开朗地跟每个人介绍自己的来历。他今年26岁，来自巴西首都附近的一个乡镇。他没念完大学就去做了两年的汽车维修工，攒了一些钱想要逃离故乡。读书会上的人问他，为什么要用“escape”（逃离）这个词。他做了个恐怖的表情，然后把自己的故乡比喻成“监狱”一般的存在。

无论是地域的距离，还是文化上的隔离，我们中的大多数人似乎都难以理解他口中的故乡，它像是一个刚刚被轰炸过后的贫瘠之地——荒芜，看不到朝阳，那里的年轻人们好吃懒做，身份不被大众认同，等等。读书会的间隙，我问他故乡真的有他描述得那般可怕吗？他耸耸肩，说这就是为什么都柏林最多的移民族群是巴西人的缘故。因为穷，因为看不到未来，大家都想来欧洲赚钱；因为自由，大家都想一辈子洗去身上故乡的标签。

Xavier 的目标是在都柏林待上几年后，想办法留下来。语言学习签证可以帮他暂时待在这个陌生的国度，一边学习英语，一边赚钱。当这个签证没办法再续的时候，他就要想其他办法了。他想得特别长远，但是也很笃定，回到故乡一定不能算作解决办法中的“其他办法”。

“故乡”和“远方”不知道从什么时候开始成为很多人一生中具有相反意义的词语。大概是因为我们这类人的“故乡”都不是自己理想中的“远方”，而神往的“远方”又距离自己的“故乡”太远、太远。有一句歌词唱得很好：“多少人的远方，曾是多少人的故乡。”Xavier 羡慕那些一出生就在都柏林，或者一出生就在欧洲的人。这些人就算生得再糟糕，也不需要像他那样漂洋过海，只为离开自己厌恶的故乡。

我遇到过各式各样的“Xavier”。他们身处世界的不同角落，来自遥远的地方。在纽约的时候，我遇见过纯正的都柏林人。他说来纽约之后，才知道原来在都柏林时的自己是多么的渺小，像井底之蛙。在伦敦的时候，我遇见过来自菲律宾的女孩，她说自己花了很大很大的气力，才拿到英国的护照，现在是“英国人”了。在越南的时候，我遇见过来自罗马尼亚的人。他决定定居在胡志明市，因为在这里他找到了最爱的人，拥有了想要守护的家庭。

这些“Xavier”都从一个支点迁徙到人生的另一个支点，实现着人生中不同的意义。我曾经问这些我遇见过的迁徙者们，有多久没有回故乡了，半年、两年、三年……每个人的答案都不同，每种答案都能让人感受到时间带给我们自身的陌生感。

“都柏林的反堕胎条例通过公投取消了，这个新闻你知道吗？”当我问向那个生活在纽约的“Xavier”时，他摇摇头，紧接着眼睛里冒出一些充满期望的东西。他说或许是时候回故乡看看了。

从都柏林回国后的这两年多时间里，我也渐渐成为这群“Xavier”里的一员。倒不是说，我现在工作、生活的上海距离故乡有多么遥远的距离，只是在生活向前迈进的每一个步子里，我愈发开始把这里写进对于未来的规划里。

故乡却逐渐成了一种参照坐标似的存在，是希望的图腾，是偶尔的回望，鞭笞着我在他乡更加努力，更加努力地奔向我渴望拥有的未来。

大多数人的“迁徙”都是为了找寻更好的落脚地。这些落脚地是都柏林的包容，是纽约的繁华，是胡志明的爱的归属，也是上海的便利发达。从我们离开故乡的那一刻开始，意味着当我们在接纳最好、追逐最好的同时，也在逐渐明确故乡在人生中的意义。无奈的是，我们在懂得事物要义的瞬间，也逐渐发现有些东西，正在离我们越来越远，那些曾经养育我们的故乡，变成了“回不去”的港口。

“故乡”是曾在那里生活过的一群人的原生家庭。无论是为了生存，为了自由，还是为了真爱，“故乡”似乎永远都站在原地，停在起点的位置，静静地、默默地、温柔地眺望着我们。

后来我刷到了 Xavier 的动态，从短暂的聊天中得知，Xavier 已经结束了在都柏林所有语言班的学习，以打工签的形式继续留在都柏林。现在，他除了在一家餐厅打工之外，还在富人区的一个人家里做宠物照看。生活忙碌但也充实，存下了不少钱，至少比他在巴西做洗车工人挣到的要多得多。

我问他喜欢现在的生活吗，他发来了一个竖大拇指

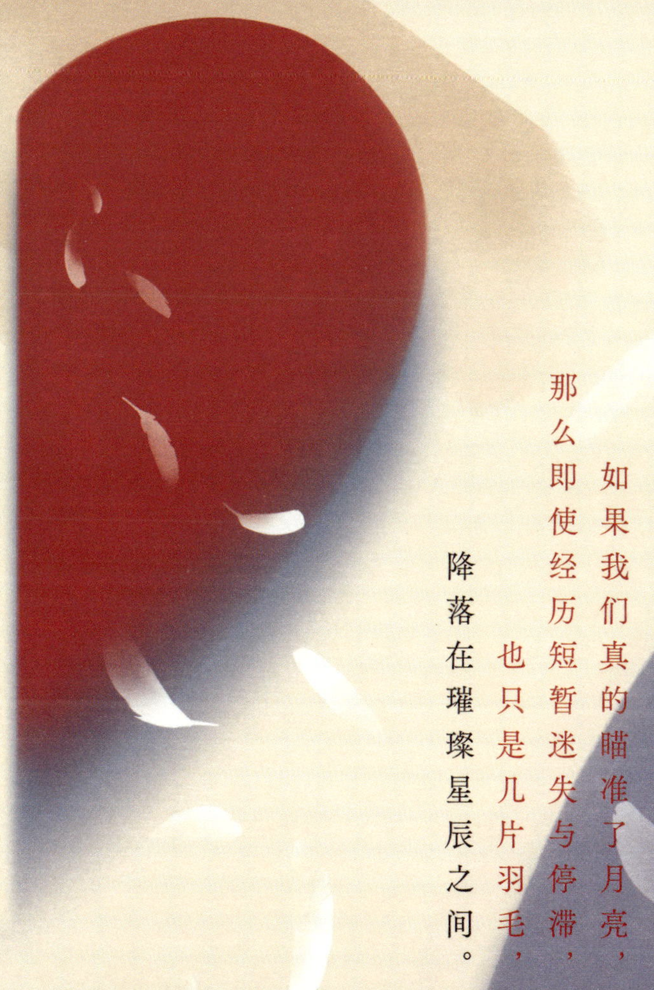
如果我们真的瞄准了月亮，
那么即使经历短暂迷失与停滞，
也只是几片羽毛，
降落在璀璨星辰之间。

“赞”的表情。每次回想起来，我都觉得这或许是赞美生活最直截了当的方式。给自己的当下竖起一个大拇指，无论是回不去的故乡，还是未能深刻扎根的远方，至少生活在一点点地变好，理想忽略掉平庸和柴米油盐之后，正一下下地朝我们招手。

【昆哥 tips】

刚来上海的时候，我还不能跟自己和解，介绍自己的故乡时总感到难以启齿。有一次目睹一个和我是老乡的实习生大方介绍家乡，我好像开始“开窍”了。到现在，我会很自豪地介绍我的故乡，虽然我心里很清楚也许不会再回到那里开启人生下半场，但我依旧感谢她哺育了我。

羁绊无解，则去感受它

·01·

你听到过铃打糕低语的声音吗？不知道年岁的古木榔锤一下一下地砸在那绵软的血糯米上，“铛铛铛”，清脆得仿若穿堂风拂过门帘前的风铃声。声声落地，血糯米彻底成了泥，再用拇指捏成一个元宝的形状，圆心处埋下硬币大小的红豆沙，抑或一枚红枣。

“你瞧，一个铃打糕便做好了。”

之前我在工作上遇到了一些棘手的问题，为此迷茫了许久。想起自己还有几天年假没有用掉，我试图把自己从工作压力中抽离出来，去好好体验一下异乡的风景，便计划休假去旅游。想起儿时曾听说的太姥的故事，说太姥的故乡是个充满故事的地方，我于是把旅行的终点站选在了重庆。

在重庆山城巷的一个简单车炉子前，师傅把还冒着热气的铃打糕递给我，身后排队的顾客们朝我投来羡慕的眼光。我问师傅这铃打糕的历史，师傅腼腆笑了笑，说这是上上代人的故事了，我不好意思纠缠他太多时间，匆忙问了句：“上上代人，那……您知道这铃打糕是陶家人发明的吗？”师傅忽然停下打糕的动作，抬起手指了指车炉子前面微信收款码上的名字：“什么陶家人？现在是陈家人了。”

很快，那铃打糕的低语声又层叠着响起。我带着些许失落，一步步爬上山城古巷的石阶，每往上一步，就意味着太姥的故事又跌进了更深一步的迷津。

·02·

“这铃打糕是咱们陶家的宝贝，用你们现在年轻人的叫法，就是叫那什么……专利！对，发明专利！”

小时候每当过年的时候，姥姥总会做一大盆铃打糕给我吃，拳头代替了榔锤，但打糕心里面的豆沙甜却不变。偶尔她还会在里面嵌上一枚硬币，说是吃了来年肯定发大财。提起铃打糕的时候，姥姥总会给我讲关于太姥的故事。说这打糕是太姥家最先做出来的。那时候太姥每天就跟太姥爷一起去街巷口叫卖。因为这打糕的美味，生意越做越好，很快就风靡了整个山城。

“那后来呢？”我总会问姥姥这个问题。

“后来啊，你太姥爷就去前线打仗了，只留下你太姥一个人还守着那个车炉摊子。”姥姥手下的打糕很快变成一个又一个娇俏的元宝模样。

印象中，只知道太姥爷和太姥两家都姓陶，太姥虽和太姥爷一起成家立业，却从未正儿八经地敲定婚事。我依稀记得，姥姥曾经说过这样一句话，太姥这辈子一边做着铃打糕，一边等着太姥爷归来。好不容易靠着生意拉扯大一家人，却未能等回来太姥爷。只怪那时年纪小，只记得打糕心里的豆沙甜，却不曾把这故事打破砂锅问到底。

·03·

口中的豆沙甜在这个深冬令人沉迷。我踱步走上古巷的最高处，看见黄昏时分的灯笼接连把阶梯步道照亮。有风刮过的时候，那个久远的故事仿佛铃声一般再从耳边响起。

“你确定自己一定能找到故事的答案吗？”身旁同行的伙伴问我。

说实话，我毫无把握。因为据我所知，当年与太姥爷同行赶赴前线的人都重回故土后，太姥始终没有等来自己的爱人。又恰逢家族的变故，太姥便举家迁往了成都，带着儿女和那铃打糕的手艺离开了山城。太姥的告别，意味着山城损失了一大瑰宝。那时除了太姥和太姥爷，没有其他人会这铃打糕的手艺。

当我来到重庆，再次看到这铃打糕的小摊子，不免想，难道当年没能如期归来的太姥爷，在太姥举家搬去成都后又回来了吗？想着如今这铃打糕的手艺随处可见，根本无法分辨谁家是最地道的，谁家是新式的，我心里本就微弱的希望又冷却下来。

“没关系，只要我们一家家地找过去、问过去，肯定能找到线索。”同伴鼓励地拍了拍我的肩膀，抬起手，我顺着他手指的方向，看见了山城的天际线，明灭之间的灯火缓慢闪动着，像极了漫天的繁星。

别找了，找不到的。像是有一种声音从遥远的星空传来，那声音似曾相识，像是儿时姥姥讲述太姥故事的语气，又像是那我从未听过的太姥的叹息。

“重庆有那么多家卖铃打糕的小店、铺子，我们怎么知道哪家跟太姥和太姥爷的故事有关呢？”我对身旁同行的伙伴讲道。当年太姥在这里卖了那么久的铃打糕，可那个年代已经过去了这么多年，万物变迁，出自一家的手艺现在已经随处可见，怎么就能笃定可以在相似的地点解开当年的未解之谜呢？

在此次重庆旅行之前，我问过姥姥关于太姥爷的故事。遗憾的是，关于当年太姥爷的下落，姥姥也记不得了，是战死于前线，还是在一个无名之地流离失所，后代人未再追问，真相彻底成了一个湮没于时间之海中的针。

·04·

在山城古巷游荡的时候，我们偶遇了一家卖书的咖啡馆，名字叫作“羁绊”，点单的时候问老板，得知店名来自童话《小王子》。老板是北京人，在重庆旅行时邂逅了土生土长的老板娘，其间分分合合，最终两个人还是一起生活在了这里，开了这家叫作“羁绊”的咖啡馆。此是二人命运交汇的标志。

老板说年轻时候的他，从未想到自己会从北方搬来南方，自己命运线里会多写上一个人的名字。就像书里所写的那样，当两个灵魂产生了深刻的联结，这种联结意味着羁绊。这羁绊可能是好也可能是坏，可能是相伴，也可能是分开。但无论如何，在羁绊发生的那一瞬间，几千枝争奇斗艳的玫瑰都抵不上这一株普通的玫瑰。

想到这里，我忽然有些释怀，或许对于太姥而言，那个一起在铃打糕上倾注时间的人，那个她用了很久很久也没能等回来的人，就是她的“羁绊”。同样的，这“羁绊”带来的副作用，正是两人情感交织的命运，也是无法预判的结局。

这重庆太大了，大到我们无法数清楚这城与山之间存在着多少“羁绊”，也无法描摹出这“羁绊”带来的欢笑与泪水中，镂刻下了多少记忆。或许，当带着太姥的故事，踏上山城的寻觅旅途，再窥见那么多年后的变化，真正的结局已不再重要。这，便是我作为后人去品味“羁绊”的美好意义。

“所以，你还打算继续上路问下去，看看其他卖铃打糕的店家有没有人知晓她的故事吗？”同伴对我说这句话的时候，山城的风袭来，连排的红橙灯笼随之摇曳。

我想，此刻风与这灯笼间的婆娑和摆动，是否也是一种“羁绊”呢？

作为后代的我看到了太姥故事中那美妙却又带着遗憾的联结，或许那多年前的结局就是太姥爷又回到了故土，却没有再找到太姥，又或者是太姥爷根本就没有回来，只是太姥还固执地相信他仍活在这世界上……铃打糕这门手艺的流传已经无法成为一个完整的线索，任凭后人努力寻觅。想必寻觅的已不再是这故事背后真正的结局，而是那带着不圆满却因此充满无数可能性、又无比动人的感情。

在这质朴的情感面前，我仿佛感受到了时间的分量。脑袋中那些来自工作的烦恼在这些美好的故事前都变得微不足道，好像不费吹灰之力，它们就在山城的空气中消失了。

是啊，这世间各式各样的羁绊会带来无数种难以预料的结局。它跨越地点，穿越时间。生活中、工作中、感情中，好像每个存在于这世上的人，都会蔓延生长出无数形态各异的“羁绊”。这些羁绊有时给我们增添烦恼，有时又赋予我们力量。就像那铃打糕一样，“铛铛”地捶向绵软的心房，又在声声落地时大音希声。这或许也在提醒着我们，去珍惜眼前的人和事物，去握住那宇宙间独一无二、难得的羁绊。

“不重要了，没有答案或许才是这个故事最好的答案。”

当有些羁绊无法被解开时，那就去感受、去享受它吧。

我对身旁的人说道：“走吧，我想去尝尝更多人的手中铃打糕的味道。”

妈妈都可以

·01·

年底带爸爸妈妈去杭州旅行了一趟，连吃了几顿本地的杭帮菜之后，妈妈突然跟我说，可不可以带她去吃比萨。向来在选餐厅上摸不清爸妈喜好的我，听到她有自己指定想要吃的东西时，忽然觉得很开心。

开心的原因不是因为我不用去费尽心思猜测她会喜欢什么了，而是因为忽然察觉到了妈妈身上的一种变化，那就是她开始跟我清晰地表达自己想要什么、喜欢什么。

冬日的西湖虽然萧瑟，但别有一番美感。我和她踱步在断桥边上，聊起来这件不起眼的小事。我对她说，我很开心她可以直白地告诉我她的想法。她笑笑，问我为什么会想到这个。我沉思了一会儿，看着她的眼睛说："因为我想要成为你亲密无间的亲人、可以分享你所有喜怒哀乐的朋友。"

这句话的背后，掩藏着一个我一直觉得愧疚的故事。

独自在上海工作的我，在一次跟爸爸通电话的时候，得知原来妈妈的肠胃病犯了，去医院做了手术，还住了一阵子院。但这件事她执意瞒着我，也不让爸爸告诉我，原因是她不想让独自在外漂泊的我担心。

知道这件事情后，我立刻打电话给她说要请假回去看望她。她在电话里拒绝了我，说这样会影响工作，不想浪费我宝贵的时间。好像有很长一段时间没有回家看看了，和那些电视广告片里演的一样，漂泊在外远离家乡的我，因为工作繁忙，所以和父母聚少离多，我甚至都不知道他们最近在忙些什么、心情如何。那次电话挂断后，我难过了很久很久，有一种莫名的愧疚感在心头萦绕，又有些无能为力，不知道自己该如何补救。

电话里妈妈说了一句话："妈妈都可以，最重要的是你照顾好自己，过好你的生活。妈妈不喜欢你把时间浪费在这上面，我知道你爱我就足够了。"

这句话她说过无数遍，其中满含父母对子女厚重的爱，但也让我想起了很多很多往事，那些岁月流逝中遗漏下来被我忽略或是被我注意到的细微回音。

·02·

妈妈说过很多她不喜欢的东西。她不喜欢我拿着仅有的零花钱，在放学的时候去买小卖部里五毛钱一袋的辣条；她不喜欢我趁着她上班的时候，偷偷打开电视机，一边看一边写作业；她不喜欢手指头被水泡太久，泡得干瘪的感觉。

但这些事情也没有因此消失。就比如，小时候我还是会偷偷去买零食，藏在她看不到的地方；我要小聪明，在她下班之前，拿湿毛巾敷在电视机滚烫的“屁股”上。当然，也比如，即使讨厌手指头被水泡太久，家里的脏衣服依旧会被及时清洗干净，一件一件挂在阳台上，整齐地收进衣柜里。

如果说年少的“叛逆”有一个简明扼要的概念，那么可能就是一切与“妈妈喜欢的”相反的东西。

这种叛逆从孩提时代伴随着骨骼的生长，延续到长成大人。妈妈不喜欢我离开她到遥远的地方，但我还是一个人踏上了去欧洲留学的道路；妈妈不喜欢我深更半夜的时候趴在电脑前写作，但我的大部分作品还是诞生于寂寥的凌晨；妈妈不喜欢我在外面花钱大手大脚，但在和她的微信聊天框里还是时不时收到红包和转账消息。

妈妈从少女到成为妈妈，也是在做着一件相反的事情。那些数不清的她曾经不喜欢的事情，像无数颗砂石被丢入一片名为“孩子”的大海，顷刻间被海浪吞噬，不留痕迹。很多个瞬间，我突然意识到，对于妈妈而言，“相反”不是从“不喜欢”变成了“喜欢”，而是妈妈的包容和忍耐，让所有的“不喜欢”都向“妈妈”这个角色让步。

·03·

相比于不喜欢的东西，妈妈似乎很少说起她喜欢的事物。

“是喜欢辣的食物多一些，还是更喜欢麻的味道？不过麻辣口味的伴手礼在我们店卖得最好。”

“妈妈平常会喷花木香多一些，还是海洋香多一些呢？”

“鲜亮的颜色很适合这个年纪的人，不过挑衣服的话还是要看个人，之前有个阿姨说自己买衣服只买黑、白、灰三种颜色……”

很多个场景，在旅行礼品店、在香水店、在商场，当被问及这些问题的时候，我才突然意识到我并不知道所谓的正确答案。想要打电话给远方的妈妈确认，但又不想让她猜到我在准备给她买礼物。我以为问题的答案会是明确的是与否，但妈妈往往会用相同的答案解答一切。

“都可以，你买的我都喜欢，但妈妈真的什么都不缺，你还是省着点钱……”

“妈妈都可以”可以成为一个答案吗？好像能，那就随便选一个我认为她会喜欢的东西；但好像又不能称之为正确答案，因为妈妈或许是因为“我买的”而喜欢这件东西，可我更希望她是因为“这件东西本身符合她的喜好”而喜欢这件东西。

幸运的是，“妈妈都可以”至少是一个不会让我出错的答案。我不需要花时间去猜度，因为从这句话中我知道，无论怎么样妈妈都会接受。

·04·

回家后发现，之前我去重庆旅行时买给妈妈的麻辣牛肉干并没有开封，而是原封不动地被保存在那里。妈妈说，想等我过年回家和她一起吃。

无花果味道的香水虽然闻起来让人感到心情愉悦，但是喷了几下之后，她就不停地打喷嚏。

妈妈说那件卡其色的外套太隆重了，她要等着参加婚礼这种重要的场合再骄傲地穿出去。

当看到那饱含心意的礼物几乎都被保持原样地陈列在那里时，我有些不开心。妈妈说不是因为自己不喜欢，而是因为舍不得用。

“有什么舍不得，老这样的话，那我下次就不买礼物给你了。”说完这句气话后，我意识到“妈妈都可以”这个答案好像也没有那么简单，我无法判断妈妈是否真的喜欢，这些心意反而更像是自我感动。

·05·

但事实真的是这样吗？

看见药盒子里各种各样的胃药之后，我才明白，妈妈年中查出来的胃病让她不能吃任何辛辣的食物。妈妈对气味非常敏感，所以家里面的洗衣液从来都是没有任何香味的。偶然一次帮她解决手机软件密码找回的问题时，我才留意到她购物车里的衣服都是帮我和爸爸挑选的，而她自己已经很多年没有添置新的衣服了。

原来，“妈妈都可以”这个答案背后，其实不是她没有什么特别的喜好。而我好像从来没有真正地去了解她，去解读那么多年来她悄然间隐藏掉的“喜欢”。

现在的职场人真的有那么忙吗，忙到忽略“妈妈”们真正的喜好？或许，是因为我们压根没主动试图去好好了解她们。

妈妈其实有很多很多喜欢的东西。

她喜欢我考试成绩进步，或作文被拿出来全班传阅时我骄傲的小表情。她喜欢忙活完一整天家务，坐在沙发上刷一集电视连续剧时，打开泡脚桶。她喜欢尝试不同颜色的染发膏，为了发现哪一款可以更持久地遮盖住她越来越多的白头发。

当我欣喜地发现其实她有这么多“喜欢”时，一些酸楚却爬上心头。原来这些“喜欢”都围绕着我，都和“妈妈”这个角色相关。

我总在想，从少女到成长为妈妈，是否就意味着要让所有的自我意识都让位于孩子和家庭？当我长大，发现原来在我不曾努力地认识她、了解她的时候，她一直都理解着我的所有，即使时代的变迁让她逐渐跟不上年轻人的步伐，她也从未放弃想要更好地了解我。

我希望她可以告诉我，虽然不怎么吃海鲜，但很想放肆痛快地吃一次小龙虾。

我希望她可以带着嫌弃地吐槽，说我买给她的新衣服并不好看，那件带花纹的会更合适。

我希望她可以撂挑子不做家务，让我带着她来一场说走就走的旅行。

其实，“妈妈都可以”从来都不是一个答案。这句话背后潜藏的爱意，不应该只是爱意，而应该催促着我们去找到更多她的“喜欢”，去发现因为“妈妈”这个角色而被抛弃、被拘禁、被遗忘的，那些真正属于她的“喜欢”。

【昆哥 tips】

分一点对自己的爱，给自己的爸爸妈妈吧。哪怕做不到像他们一样，把百分之百的爱都倾注给儿女，也努力试着去学习他们爱我们的方式，去用力回报他们吧。

如果你看到这里，不妨先停一下，合上书，给他们打一通电话。

四方之志

职场新人 禁止心碎

达尔文法则

在联合利华做管培生的第一年，我开始私下寻找离开这里的机会。原因是，我看到曾经的同事纷纷跳槽。很多朋友都劝我再忍忍，在结束三年轮岗之后，拿到一个品牌经理的职位再潇洒离开。我也曾经想要劝说自己，当初得来不易的机会，不应该就这样草草放弃。

我也看到过很多大学刚毕业的毕业生们，和曾经的自己一样，对于进入一个顶尖公司是如此渴望，愿意为之付出巨大的努力。经历一轮又一轮的筛选，最终万里挑一拿到象征着成功的 offer，向着金字塔尖聚集，被自然地誉为这个社会最主流的行为。在这个过程中，我们经历了课本里的达尔文法则——“物竞天择，适者生存”。只有抵抗住无数次“被选择”，并且抓住每一次“可选择”的机会，才有可能在有朝一日成为站在最高处的人。

但无数次战胜了自然选择的人类，真的就站在了金字塔最顶端吗？或许在这个自然界里的很多生物并不认同。

上海入夏了，每一年我都会被从厨房某个角落蹿出来的蟑螂所困扰。在消灭它们的那个瞬间，转念一想，它们不过也是在选择最适合生存的环境，只不过它们的选择干扰了另一种生物的生活。

在费尽力气成功地从“被选择”中脱颖而出后，我开始拥有了些许选择别人的权利。很多猎头会主动找上门来，热情地给我展示他们手中闪着光的新机会。电话里的他们反复游说我，考虑一下，跳槽可以拿到更光鲜的职位，以及更“鲜亮”的薪水。

在成为职场新人的第二年，很多当年一起进入公司的同事，纷纷选择了离开。就像一株蓄势找机会飞翔的蒲公英，在轻风拂过后，无数颗饱满的种子顺着风最强劲、最有势头的方向飘散，随之落在了自然界的各个角落。

“对于想要在我们这个行业中快速爬升的人而言，跳槽的确是一条不错的路。再说了，上海这么大，外面多的是可以给你更高薪资的人。因为你对于他们而言，是被筛选过、被证明过、充满价值的人。”

这番话来自一位猎头。她曾经成功地帮无数企业找到合适的候选人，其中就包括我们分公司现在的CEO（首席执行官）。她的话总是非常具有煽动性，使你自信心膨胀，让你愿意为了选择加速飞奔的人生而放手一搏。

后来我也的确去了，也成功拿到了 offer。但在决定要不要接 offer 的时候，我又开始犹豫，真的要选择离开吗？不能说对这一家公司已经毫无留恋，而且下一家公司似乎也没有那么让人心动。像极了相亲节目的反选环节，最后的一锤定音暗示了故事的下一章节。

最终，我还是拒绝了这根橄榄枝。电话中的猎头发出叹息，虽然自知给对方的工作带来了麻烦，但我丝毫没有后悔自己的选择。不是每一种可以带来加速爬升的选择，都是正确的选择。我很开心，自己在羡慕那些仅仅不到两年就通过跳槽拿到晋升机会的同届的时候，打消了同样的念头。

大自然教给了万物更好生存的方式，那就是去努力让自己从一轮一轮的筛选中留下来。和这个五光十色的世界一样，为了更美好的生活，每个人仿佛都铆足了劲，试图更快地“打怪升级”，在万幢高楼间爬得更高。

但放慢一点，甚至放弃一次机会又能怎样呢？

曾经没能通过招聘筛选的同龄人，有的去了更好的公司，有的成了教书育人的老师，有的回家接手了家族的诊所。渴望机遇、认真选择不是一件坏事，但并不是每一种选择都一定会顺应一种好的结局，我想这或许是对达尔文法则的另一种解读。

每次新鲜尝试，皆为人生序曲

·01·

“简单的鸡翅，因为调和了辣椒酱、白醋、牛油、胡椒盐和蒜 5 种材料，味道在肉香的基础上变得更有层次，但如果你觉得太油腻了，那么入口之前，要再挤上些柠檬汁。”

娜娜说着，拿起鸡翅旁边的柠檬块，用力地将汁水挤了上去。“嗯，这道布法罗鸡翅是我在上海吃到的比较正宗的了。”她称赞着，眯了眯眼睛，明明这家小馆子是我带她来的，对这里的菜品更加津津乐道的却是她。

她说这道鸡翅源于美国纽约州布法罗。她妈妈改嫁后，她也跟着迁到了那里。布法罗临近美国和加拿大的边境，还有举世闻名的尼亚加拉大瀑布，她很长一段的人生都是在那里度过的。直到大学去了宾夕法尼亚念书，她才算彻底与那段成长轨迹告别。

“我妈那一代算是美国第一代移民，社会身份地位很低，习惯了到处迁徙，把命运寄托于嫁给一个好的男人，希望可以让生活变得好一些。”娜娜利索地脱掉鸡翅的两根骨头，“所以你猜我妈前后一共结过几次婚？”

“2 次？ 3 次？还是更多？”我猜出几个数字，她都摇摇头，紧接着用手指比画出一个只有中国人才明白的手势。

“6 次？！”我有些惊讶。她看到我的表情笑了出来，打断我说这还是保守估计。

“我跟她开玩笑说，如果下次婚礼要邀请所有的前任来参加。她那些前夫们绝对可以凑齐一整桌了。”娜娜并不觉得这是一个难以启齿的故事，反倒像是说笑话一样把这个故事讲了出来。

“那你有没有得到什么启发？比如在挑选结婚对象上？”我打趣着问她。

“启发就是，结婚对象一定不能让我妈看，她绝对看不准。”她说完，我们两个人哈哈大笑起来。其间，小馆子的老板帮我们一人上了一杯特调的鸡尾酒。

在暖乎乎的杯盏边聊天的这个时刻，让我觉得能认识娜娜真是一件非常奇妙的事情。

·02·

这个跟我岁数差不多大的女孩，发尾染着浅浅的紫色，眉毛很淡，下巴很尖，算半个 ABC[1]，却会说东北话、上海话等好几种地方话。

认识她是因为工作。那次我去影棚盯“双十一”的明星直播现场。临近开播的紧张关头，负责推流开播的工作人员却忽然消失了。如果没有准时开启直播，带来的损失可是谁都担待不起的。就在我满摄影棚找那位工作人员的时候，角落里一个穿着厚重羽绒服的女孩跳到了我面前。我打量了她一眼，应该是隔壁棚跟我们共用化妆间的直播人员。她说，她看见我左转右转，猜我遇到了什么问题。

几分钟后，坐在屏幕前，点击推流控制的人就变成了这个叫娜娜的女孩。我的一脸慌张跟她的淡定自若一对比，仿佛她才是那个真正掌控全局的人。

娜娜的临时救场，让直播没有出现可怕的开播事故。我提出直播结束后请她吃顿饭，她摇头拒绝了。

“没关系，我等会 11 点开播，你去我直播间刷 100

① American-Born Chinese，指出生在美国的华裔。

盒麻辣小龙虾就当感谢我了，”她说着用胳膊肘戳了我一下，“生存不易，你帮我，我帮你，品牌方今晚的目标是卖掉 3000 盒呢！”

我倒是被这句话给噎住了，尴尬地笑笑，然后点点头，想着狠狠心，就算透支信用卡，也要帮她把销量冲一冲。

突然，娜娜拍了一下我的肩膀：“逗你呢，我可不是什么大主播，大主播在那坐着呢。我只不过是旁边的小助播而已，别慌，我不背 KPI 的。”我顺着她手指的方向，看见另一个棚里正在等候补妆的主播，才意识到刚才自己是被这个小姑娘虚晃了一枪。

“好啦，不管怎么样，我要感谢你今天帮助我。”没等我说完，她已经打开了微信二维码。

·03·

“比我继父做的好吃多了。”最后一根鸡骨头从娜娜的嘴巴里脱出，我们杯中的酒很快见底了。

我开始跟她聊一些学生时代的事情，得知她毕业后最开始从事的职业竟然是咨询工作。我脑袋空白了几秒，对从事咨询行业的人的印象似乎很难和面前这个有些活泼、有些朋克的女孩对应起来。

直到娜娜从手机云盘里找出当年西装革履的职业照片时，我才有些相信眼前这个做着主播的女孩竟然有过这样一段职业往事。

“所以为什么不继续做这份职业了呢？”她应该是猜到了我会问这个问题，转而淡淡地笑笑。

“因为厌恶了飞来飞去的生活，还有每天穿职业装真的太累了。”娜娜一副嫌弃的表情。我对她说在国内有大把大把的年轻人毕业了，希望可以进入这样光鲜、亮丽的行业，过上她所厌恶的生活。

“但当你因为工作压力太大而生病的时候，估计你就不会这么想了。”娜娜的视线忽然转变了一个方向，她拿起酒杯，把最后一点橙红色的液体喝尽。

她指了指自己身体：“第二年的时候，查出了一个肿瘤。我本来想等着项目做完再好好调养身体，但是等不到了，必须手术，不然可能会有生命危险。”

我被这个故事给震慑住了，很难想象这样一个娇小的身躯曾经有过这般折磨。

“住院的那段时间，我妈跟我继父举办了一次婚礼，”说到这里，她突然揶揄自己，“不好意思，我也忘记了是我的第几任继父。”我笑出声。“婚礼的前一天，我妈来医院看我，她跟我说了自己过往的一生，我忽然觉得这样漂泊，不断找寻真正适合自己的人和事物的人生也挺有意思的。”

“我是说相比咨询，相比那些一成不变的工作而言。那些工作让人觉得，仿佛从坐进格子间的那天开始，就已经看到了未来很多年后的自己。”

“所以，你回国做了直播主播？”我开始有些好奇她在这番人生起伏之后做的选择。

“我跟我妈说，想回国试几年。你也知道相比国外，我们这里的发展速度太快了，有更多新鲜的东西甚至都来不及尝试。”娜娜又招手续了一杯酒，“我想啊，在人生找到真正停摆的岛屿之前，多漂泊漂泊，多看看，绝对不是一件坏事。”

后来的娜娜，病好之后就回了国，做过很多新鲜的职业，甚至还去参加过热门的女团选秀。虽然很多尝试在过后都被认为是错误的选择，但对于她而言，似乎都不是应该后悔的事情。

她说人生的很多章节，我们以为它们已经是走上正道的旋律，其实殊不知，也可能只是未来更广阔风景的序曲。

·04·

加了娜娜的微信、变成好友后，我会时不时关注她的朋友圈动态。

也是后来才得知，“双十一”整个大促周期，她前前后后接了不下 10 场直播，有的是作为大主播的助播，有的是她独自挑大梁。忙碌过一阵后，我在朋友圈看到她一条定位在三亚的信息，这个姑娘又跑去三亚做冲浪教练了。

于是我给她发消息，问她怎么不继续做主播了。她说打算歇一阵子，刚好自己之前拿到了潜水冲浪证，所以趁着这段休息时间，去海岛一边当冲浪教练，一边放松下自己。

聊到这里，我再一次被她那种可以做选择的果敢给打动了。或许这也恰好是自己所欠缺的，好像各种各样的人生努力都是为了酝酿一幕大戏，急于结束无尽的序曲。但是于娜娜而言，这漫长的序曲似乎才是人生之旅的意义。

从纽约州布法罗到中国上海，从按部就班到无数次全新的尝试，皆为人生序曲。

如果你瞄准月亮

马太效应于 1968 年由美国学者提出，常用于概括一种社会心理学现象，后为经济学界借用：任何个体、群体，在某一个方面获得进步或者成功，就会产生一种积累优势，从而拥有更大的机会和可能性，取得更多的进步和成功。简单来讲，可以理解为“强者更强，弱者更弱”。马太效应启发我们，在生活中确立目标后，即使遭遇困难、不被看好，也应该勇敢地继续前进，为自己未来可能取得的成功拓展道路，切忌因为暂时的迷惘而选择放弃。

看到关于马太效应的文章时，我联想到了最近在看的一部美剧——《后翼弃兵》。它讲述的是一个天赋异禀的女孩如何成为国际著名棋手的故事。女孩拥有不幸的身世，亲生父母相继离开自己，在逆境中她没有选择放弃，而是靠着自己的努力和身边人的帮助和鼓励，逐渐磨炼出一身卓越的棋艺。她虽然也遭遇过事业的瓶颈期，最终还是靠着信念和对于象棋的热爱实现梦想。

在看完这部剧的周末，很多年没有联系的马太忽然发信息给我，说她出差到上海，想跟我见一面。那种很多年没有联系，只是停留在微信好友列表里的陌生头像忽然闪动，让我有一种恍惚的感觉。我点开她的朋友圈，从零碎的照片里，除了读出她也和我一样蜕变成了大人模样外，还发现她现在从事了一个和当初设想完全不同的职业。

我没有任何犹豫地回复她“好啊”，带着搁置了很多年的期待，期待和她在成人礼之后的见面。

我跟马太是在去上海的火车上认识的。那时候她跟我一样都是高三，百忙之中抽出时间去上海参加新概念作文大赛。我一直觉得马太更像是一个男生的名字，没想到这个名字背后的人竟然是一个个子娇小、说话娃娃音的小姑娘。在飞驰的列车上，我们交谈着彼此初赛投稿的文章。我说我大概准备了十几篇文章，每个周末的固定环节就是把参加新概念作文比赛的稿子认真排版，打印出来塞进信封，再小心翼翼地投进那个绿皮邮筒里。她说她只准备了一篇，纪念她去世的姥姥的，没想到那一篇恰好就被选中刊登了，然后顺理成章地入围复赛。

那时候我们都很淳朴，一个来自广西的偏远小镇，一个来自山东遥远的海边。但那个时候，我们的眼睛里都充满希望，希望可以因为文学改变命运，希望可以成为真正能够为热爱的事业奋斗一生的人。

我始终记得那列速度缓慢的火车，像极了一艘通往月球的船。我们在飞驰的风景前谈论文学，在休憩的时刻拿出练习册复习高三的课业。那时候，理想和热爱都很清晰，朝着目的地追逐时也都心无旁骛。她的麻花辫和我起球的毛衣，都成了那个年纪无法抹去的标志。

复赛是在考场中进行的，限时写作，写完了就像高考结束似的交卷。我提早交了卷子，然后在冬日上海凋零的梧桐树下等马太走出考场。我记得她走出考场的时候，脸上充满了喜悦。她讲述着自己写到了老子的“大音希声，大象无形”。我们走在成林的梧桐树下，她讲述着这世间万物越是美好的声音就越寂静无声，越是美好的风景就越缥缈无形。那是我第一次对这句话描述的意义有了实际的体验，在那个瞬间，我忽然觉得时间有了意义，美好又难以抓住。

我一直觉得她一定可以拿到最高的那个奖项。颁奖礼那天，我们坐在一起，屏住呼吸听 A 组的一等奖名单。我悄悄看她紧张的表情，祈祷着我们都可以拿到最高的那个奖，这样就可以一起获得自主招生名额。毕竟我们说好了，要考同一所大学。

直到我的名字作为最后一个一等奖被念出来，也没能听到马太的姓名。我激动地站起身，而她则坐在我的旁边为我鼓掌。我一直不自信，在得知自己拿奖后，觉得自己是全世界最幸运的人。我激动地上台去领奖，跟评委们合影，我忘记了马太，忘记了马太此时此刻是怎样的心情。

当我拿着奖杯回到座位时，马太消失了。

我在整个会场寻找她，都没有找到她。读到这里，我想，你可能会猜测接下来的剧情，大概是在某个角落我终于找到了失落的她，然后尝试着用各种方法去安慰没能拿奖的她。但其实后来的故事，连我都没有预料到。

在我上台领奖时，余光看到在为我用力鼓掌的马太，那是我记忆里最后见到她的一眼。

后来的后来，记忆也只搁浅在了那辆缓慢的火车上，马尾辫和起球毛衣，大音希声的文学理想，以及上海冷飕飕的冬季。

很多年后，同样的地点，同样的季节，只是梧桐树被砍伐掉，曾经的考场被拆迁，建成了一所体育馆。我的面容比年少时消瘦了许多，马太也没有了麻花辫。

她向我招手，我跑向她，惊讶于我们真的都长成了大人模样，也在重逢的这一瞬间被时间的力量所震撼。

“这些年我一直在默默关注你，出了那么多本书。”我和马太一起走记忆里的路。

我打趣自己:“对啊，出了那么多书还是不温不火。”

“那也比我好。”讲这句话的时候，马太把被风吹乱的刘海捋顺。我在她的眼睛里读到一些我看不清楚的东西。

“那你呢，还在继续写吗？”我问她。

她摇摇头，朝我笑，我还是读不懂她的表情。其实一直很想问她，当年为什么一声“再见”都不说就离开了，然后就彻底消失了。

“那年，你就直接离开了吗？”我忍不住问她，“那天我找了你好久。”

“高三嘛，孤注一掷，时间比黄金都要珍贵。”马太搓搓手，哈出热气，“没有拿到奖，本来就不支持我写作的爸妈知道我自主招生肯定没戏了，就立刻催我回家了。”

原来当年的消失是因为这个原因，听完之后，眼前的冬日景色变得愈发萧瑟。

“他们一直都不支持我花时间在写东西上，他们越是打击我，我就越丧失信心，后来为了考上一所好学校，我就彻底不再动笔了。”她讲着，视线低下去。

我们沉默了半分钟。“已经好多年没有写作了，当年还在你面前侃侃而谈什么文学理想，现在想想觉得特别丢脸，不过看到你还在一直坚持这件事情，也算是……也算是帮我实现了我的理想吧。”

马太的这句话，让我脑海中的记忆又一次浮现了出来：那辆缓慢的列车，她口中的关于文字的五颜六色的魔力，还有她期待的表情。

“无论如何都要好好坚持下去，你要知道这一路走来，有那么多人都对你充满了期待，都一直在鼓励你，你千万不能像我这样放弃。”马太拍了拍我的肩膀。

“你也不要就这样放弃啊，这是你喜欢的事情，你应该把它重新捡起来。”我试图唤醒那个记忆里的她，但仍旧只是看到她低沉的眼神。

“或许是吧。有的时候得到得越多，获得越多温暖的力量，会让你更笃定、更卖力地去做一件事情；相反，则会让你逐渐丧失兴趣，让你开始怀疑自己是否真的适合这个，或者说你是否真的打心底喜欢这件事。”

“你是适合的，你拥有很多人都没有的天赋。”我看着她的眼睛说道。

“好了，不说这个了。对了，你知道我现在在做什么吗？”马太没有再跟我讨论这个话题，她的表情重新变得充满活力起来。

我从她的朋友圈里隐隐约约猜到她的职业。

“后来我大学念了跟文学完全相反的理工科。现在在一家科技公司上班，每天跟月球打交道，研究宇航员们从月球上带来的土壤物质，是不是跟之前的我很不一样？”马太说着，把她穿着实验室工作服的照片拿给我看。

照片里的那个飒爽的女孩真的和当年的马太不一样了。我感慨着这样的变化，同时也觉得充满了安慰，或许现在的她找到了真正喜爱的事情吧，让她可以为之不懈地坚持和努力的事情。

短暂的重逢后，我还是会经常回想起与马太有关的事。或许我们能坚持一件事情，不仅仅要有本身的热爱，也要有面对阻碍时愿意冲破荆棘、迎难而上的勇气。不吝于热情，不吝于物质，也不管周遭的人们是否支持。

《后翼弃兵》里的女主角天赋异禀，又常有贵人相助、亲友鼓励，作为普通人的我们，也许在追逐的时刻常常遇到阻力，但这阻力不应该让我们就此打住，而是应该让我们变得更加坚定。

如果我们真的瞄准了月亮，那么即使经历了短暂的迷失和停滞，也会落在璀璨星辰之间。

辞职流程的确定键

·01·

念书的时候，更像是沿着剧情行走的角色，小学、初中、高中、大学、研究生……每隔几年拥有一次新的告别，而且这些告别总发生在夏日时节，和一群人合影、创作同学录，试图把这些短暂易逝的夏天变得不可磨灭。它们留存的意义会在脑海中被放大。自我宽慰说，每一个告别的时节都是成长的时机。

在成人社会里，从踏入职场的那一瞬间起，一切既定剧本都被打乱了。没有任何人再给予几年一次的庞大规划，夏天也从此失去了曾经专属于告别的意义。对于社会新新人士而言，每一个转折的时节都变得未知。它漫长或短暂，但总会在久违之时到来，让成长重温转折之中的玄机。

最后一个工作日的那天，我把交接邮件发给了相关的同事，然后盯着 Outlook 的邮箱界面发了许久的呆。没有新的来件，也没有正酝酿的草稿，一切好像就这样终止了。借了同事的帆布袋，用来打包要带走的文件和资料。在整理的过程中，我翻出了从入职开始用的笔记本。随便浏览几页，看见那些已经陌生的会议纪要，后脑勺仿佛被人突然弹了一下——原来距离第一天入职，已经过去了好久好久。

久到无法再自如地用“职场新人”标榜自己，或者作为自己粗心犯错的借口。

·02·

成为大人意味着，人生中很多告别或是转折点都不再按部就班地出现，没办法精准地规划在每个合理的时间段完美毕业。就比如从入职联合利华的第一天起，我就时常在想我会在这里工作多久。一年太短，下一份工作的 HR 肯定会对这么短的时间存在疑虑，三年听起来还算差不多，可是我真的笃定自己可以做一份工作这么久吗？

在很多猜想中，日子一天天地度过，身份和标签开始悄悄地发生变化。每到新的一年，就有一批新的年轻人被打上“职场新人”的标签，被运送进企业这个庞大的工厂。同样，也会有一批曾经拥有过这个标签的人，一年一度地发出感慨，甚至怀念自己还是新人时期的样子。

没有人可以永远拥有“职场新人”或者“社会新人”的标签，但失去并不一定是坏事，就像我们在小时候都很渴望尽快成为一个成熟的大人。当一个人开始有勇气、有底气选择人生中的时节，我想那一定是对于曾经“初出茅庐”的自己最棒的告别。

在提交辞呈的那一刻，我是有些紧张的，那个“确定”按钮按下去，就意味着一些联结和一些生活状态要被颠覆和改变了，意味着接下来是全然未知的新工作。我无法确定这是最正确的时机，但我知道在做出这个决定之前，已经再三斟酌的自己，终究是无法抗拒身体里那种一往无前的力量。当最终按下了“确定”按钮时，我感受到了褪去“新人”外衣、变得更加成熟和勇敢的自己。

·03·

成为大人同样也意味着，每一种自发的选择，都只能由自己一个人承担后果。

这个世界看待我的方式不会再因为我是“职场小白”而带着宽容，我必须像一个成熟的职场人士一样，可以单枪匹马，也可以负隅顽抗。没有任何人能预判每一次跳槽是否都会是一个正确而顺利的新开始。在这样一个名为转折的时节，职场人能做的是，尽可能想到每一种可能出现的状况，或好或不好，并且说服自己做好心理准备，接纳一切惊喜和落差。

为什么说这样一个转折点非常重要呢？因为它意味着我们要进入全新的环境，有很多新的东西要去了解和学习。一个好的职业转折对于职业生涯而言，是一种添砖加瓦。但在任何一次跳槽前，我们都不能十分确定那是一个完美的选择，因为没有一种选择不带着天然的风险。

不过我深信，这对于从此往后的人生而言，可能都不是一件坏事。因为转折时节本身不是在酝酿大喜或大悲，而是在于让我们感受“转折”这件事。它是惴惴不安，是一腔孤勇，是心存希望，是后悔当初……它可能会引申出一万种情绪，但其实它的意义在于，打磨身体知觉的敏感度，让我们可以因为每一次转折更看懂自己，更从容地接纳自己。当颓落的羽毛层层叠积，下个未知时节的一跃而下，才不会那么犹豫和惊险。相反，是这些羽毛们托住了重重的自己。

在按下辞职流程的“确认”按钮后，我关上了电脑。我感受到，有一根羽毛轻缓掉落，最终柔和、平稳地落在了心上。

生活在别处

·01·

在我搬进都柏林新家的第二天，我唯一的室友 Lucky 找我聊了一整个下午的天。像是有备而来和我这个陌生的家伙寒暄，Lucky 拿了比萨和薯片，还用微波炉加热了蛋挞。

“陪我聊聊天吧。”Lucky 递给我薯片的时候，眼睛笑眯眯地弯成一条线。我接过薯片的时候，微波炉恰好发出“叮”的声音。

由于昨晚搬得匆忙，除了和房东奶奶聊了一会儿天之外，还没来得及跟这位神秘的女室友打招呼。Lucky 一边嚼着薯片，一边开始自我介绍。她今年 29 岁，来自马来西亚，在都柏林一边学语言，一边打工旅游。我问她是什么时候来都柏林的，她说是半年前。我算了算，和我来都柏林的日子差不多。Lucky 说自己来都柏林之前是一名普普通通的办公室职员，负责帮公司做一些财务和审计的工作。

我们有一搭没一搭地聊了很久，诸如不适应都柏林多雨阴冷的天气，或者初来乍到时，被这里的爱尔兰口音给弄得一头雾水。直到聊起彼此在都柏林的工作时，Lucky才忽然切入正题，对我讲她今天想找我聊天，其实是想找个人吐槽一下自己在都柏林的打工生活。

Lucky 在都柏林的一家泰国菜餐馆打工。餐馆很小，主要以外送为主，但因为开到凌晨，所以经常成为深夜里醉汉们光顾的地方。后厨只有两个人——一个主厨、一个帮厨，此外还有一个人负责收银台点单、出单，有时帮着炸一下薯条，弄一些简单的餐食。这家小店里的主厨，经常会在心情不好的时候偷工减料，比如说一份蛋炒饭，原本满满一盘子的量，结果却只端出来三分之二。有的时候客人没有在意，就蒙混过关了。

事情的起因是主厨失恋，又犯了老毛病，把一份老主顾的炒饭给偷工减料，只放了一半的量。收到餐的黑人顾客十分不满，就去找在收银台当班的 Lucky 退款。因为餐点有被食用过的痕迹，所以按照餐馆里不成文的规定，这种情况是不能退款的。然而，顾客不肯罢休。Lucky 无奈，只好跟后厨的主厨讲，再帮他多炒一点饭。可是，主厨非但不配合，还朝顾客比了中指。

这下好了，本来想要大事化小、小事化无的 Lucky 成了两个人战争的牺牲品。厨师和客人起先是言语争执，后来互相丢东西，最后几乎要冲出去厮打在一起。Lucky 的前半生中从未见过如此充满火药味的场面。她完全怔住了，一方面想要去劝架，但她的小身板显然不够用；另一方面决定报警解决这件事情，但按照都柏林警察出警的速度，等到警察出现的时候，估计这里已经变成战争后的废墟残骸了。

Lucky 最后实在忍无可忍，尖叫了一声，说大不了我自己来退你好了。然后她从钱包里掏出了钱，把那位顾客给好声好气地打发走了。看着店里被弄得乱七八糟的场面，Lucky 狠狠捶了后厨一下，嚷嚷着:“我要是被老板开除了，都怪你。”然后一边骂着对方，一边拿起抹布和扫把清理现场。

那时候已经是凌晨 3 点钟了。原本可以两点半就下班的 Lucky，最后忙到快天亮才回家。

·02·

Lucky 给我吐槽完这个刚刚发生的故事后，我不由得同情起来，同情她作为这场事故的被波及者，还要自己收拾这个烂摊子。但当我试图回味当时的画面时，我又忍不住觉得好笑。

最后变成我们两个人一起吃着比萨，一起哈哈大笑起来。她说自己从来没有在餐馆里做过服务员，也从未想过自己在都柏林的打工生活会如此丰富多彩，像是带着危险系数的动作电影。

记得当时问她为什么要来都柏林打工，她说自己就是想来国外体验一下生活。Lucky 说自己大学毕业后，就一直过着千篇一律的上班族生活。某一天，她看过一本旅行记录的书后，忽然领悟了既然人生接下来几十年都要在上班中度过，不如在这个漫长的岁月中留一些时间和空白，去做自己真正想要做的事情，去看看外面的世界，过和从前不一样的生活。

从舒适圈跳脱出来的确不是一件简单的事情。

我的脑袋里对于 Lucky 的印象还停留在我刚搬家那天，她找我聊天时既好笑又气愤的样子，而又过了几个月后，lucky 再谈起这些事情的时候，已经变得云淡风轻起来。她那份餐馆打工的工作中，出现了更多让她觉得无奈的事情。

或许是习惯了这种“每天都有新惊喜”的生活，Lucky 变得更耐磨。从前因为顾客的一句话都可以琢磨半天的她，现在已经完全不在乎来自他人那些刁钻古怪的话语了。有的时候晚上遇见醉鬼来店里闹事，她三下五除二就可以把对方赶出去。甚至还和一些顾客成了朋友。有时候我跟 Lucky 一起出去逛街，她总是会被之前的顾客认出来。按她自恋的话讲，就是全都柏林的人只要来过那家泰国餐馆吃过饭，就没有不认识她的。

最让我敬佩的是，有一次我和 Lucky 晚上回家，路过了她工作的那家餐厅，恰好碰上有一个醉鬼在对着当时当班的前台说脏话。因为前台是刚来的新员工，所以不知道该如何招架。只见 Lucky 一个冲刺上去，拽着酒鬼的衣服就往外拖。酒鬼甩开她的手，两个人互骂起来。Lucky 的语速之快像是说 rap 一样。也不知道她用了什么方法，几分钟后，那个酒鬼就拿着空酒瓶子尴尬地离开了。

我们问 Lucky 到底对那个酒鬼说了什么，竟然让对方这么听话，乖乖地就走了。Lucky 说这是她的秘密，死活不告诉我们。

这件事之后，我对 Lucky 忽然产生了一种对侠女的崇拜感。我问她，喜欢这样的生活吗？她说要放在以前，知道自己可能会面临这样的工作生活，她打死也不会在来爱尔兰的申请表上打钩。但正是因为来了，在未知之中体验到了不一样的东西，所以她并不后悔，更觉得自己做了正确的选择。

记得 Lucky 对我说过一句话，她说：“在漂亮的写字楼里看着屏幕，文档里都是些无聊的数字，所以是时候来异国他乡练习吵架的本事了。毕竟总用一种方式和心态去生活，总归会厌倦的。”

这句话虽然是浅显易懂的道理，但我想包括我在内，很多人都一直不敢踏出第一步，离开那重复的单一的过去。

·03·

我一直觉得年轻的时候，应该留一些空间去感受生活的本质。在这个感受的过程中，不掺杂任何复杂的东西，不带有目的，只是单纯地去感受、去体验原本生活中不存在的事物。

关于这一点，我想起之前自己在面试时认识的一个姑娘。当时我们一起去一家互联网公司面试。在一整天过五关斩六将之后，只剩下我们两个人，成了那个岗位的最终候选人。

最终面试的环节除了一对一之外，还有一个环节是我们两个人和面试官们一起聊天。当时面试官问了这样一个问题，说一个自己离开舒适圈去做从未做过的事情的故事。

当时是那位姑娘先发言的，她讲了自己去西藏拍摄纪录片的故事。

她说大三那年，她选择休学一年，跟着一个北京的专门拍纪录片的团队去西藏，拍了一部关于藏民的纪录片。当时这个纪录片团队对外发布了招募公告，起初报名的人不少，但在一场宣讲会之后，仍愿意参加的人只有两个人。原因是，在那场宣讲会上，纪录片团队播放了一段幕后记录，讲述了在拍摄关于西藏的第一部纪录片时，大家面临高海拔缺氧，还被感染了传染性疾病的事情。大家都被吓走了，唯独剩下这个姑娘，还有另一个小伙子。

休学一年去西藏拍纪录片这件事情，姑娘并没有征得家里人的同意，为此还和父母吵了架。但最后父母选择了妥协，因为姑娘说自己想去看一看自己视野中从未真实出现过的世界，那个只出现在课本和影像中的世界。

“现在是有资本去浪费时间的年纪，我害怕自己将来会失去这样的给生命留白的勇气。”这是当时面试时她讲的一句话，我默默地记在了我的笔记本上。

后来，姑娘和那个小伙子跟着团队出发了。在拍摄最重要镜头的那天早晨，姑娘和小伙子不小心受伤了，工作人员都建议他们赶快下山去救助点急救。姑娘和小伙子当时非常恐慌，担心会危及自己的性命。可就在准备下山的时候，姑娘却放弃了，选择了继续留在山上拍摄。

面试官们都不解地问姑娘：为什么？

姑娘说，因为当时团队里可以协助拍摄的就只有她和小伙子两个人。如果两个人都下山，意味着这个镜头可能就无法顺利地完成。要知道他们整个团队为了等到这个镜头，花了快半个月的时间，她不想让这样一个重要的时机错失掉。

她说这不是个人利益和集体利益的角斗，而是她不想错过这个对于她而言前所未有的时刻。她希望自己的生命里将来有一段非常隆重而深省的记忆是属于此刻的。于是怀着这样的坚决，她留了下来。当然幸运的是，在取景结束后，姑娘下山也顺利得到了救助，对身体没有造成严重的影响。

这个面试时无意听到的故事，成了一直感动和鼓舞我的存在。最后单人面试的时候，面试官问我如果要留下一个人，你会选择自己还是选择那个女生。我的答案是，我更希望留下的是那个女孩子。

不是谦虚，也不是因为其他原因，而只是单纯地因为我从那个故事里感受到了更广阔的人生态度，也明白她或许比我更适合这个岗位。

·04·

这两个朋友的故事一直都对我产生着深刻的影响，不仅仅是因为她们的勇敢和坚决，让她们体验到了和自己以往人生不一样的东西，更是因为她们愿意真诚地去给自己的生活留一些空间。

当我们愿意用这些空间去体验在别处的生活时，我们的人生也会变得更宽阔。就像那个最初还胆战心惊，如今却可以心平气和地应对所有突发状况的Lucky。生活从来不会为我们关上寻找无限可能性的大门，在我们原有的视线之外也许藏着更大、更精彩的世界。

有时候停下来并不是一件坏事，因为我们只是选择了在另一个时空里，去做另一些有意义的事情，去别处的生活里发现另一种自我。或许我们在体验过后会明白，原来相比在固有的生活中闷着头向前冲，更重要的是，学着去给生命留白。

我想，我们每个人都不愿意接受那种一成不变的生活，尝试去跨越这个社会和世界赋予我们的既定角色，可能对于人生而言，有着更广阔的意义。

当决定跳槽的时候，我在想什么？

·01·

我清楚地记得那顿晚餐发生在我进入麦肯锡的第一个星期二。那次是公司组织的给新成员的欢迎晚宴。我们一行十几个人坐在长桌的两侧，每个人都西装革履，端正地等待着饭局中级别最高的公司老板入席。

已经记不得是入职后的第几次自我介绍，每个人按顺序把自己过往的历史都浓缩成一分钟，试图让自己被更好地记住。

我向来是不畏惧自我介绍的，从小学开始，年年参加校级演讲的我，可以做到在公众面前自然地讲演。在进入职场前，我也为了这短暂的一两分钟，排练过无数次。中文的、英文的、简洁明了的、抖“包袱”的[①]，我准备了很

---

① 相声术语，指把之前设置的悬念揭出来，或者把之前铺垫酝酿好的笑料关键部分说出来。

多版本去应对可能在未来会降临的某个瞬间。

但这次我有些怯场了。

我很不巧地坐在了最后一个位置上，所以按照顺序我会是最后一个做介绍的新成员。我安静地听完每一个人的介绍，清华、北大、麻省理工、牛津……这些天然带着分量的身份标签一个个被抛向空中，然后重重地砸在了我的自信心上。

如果把这些人的简历放在一起筛选，毫无疑问，我的那份简历会很快被丢进垃圾桶。越发萎缩的自信让我觉得似乎是来到了一个不属于我的地方。我一个普通 985 大学毕业的人，一下子在这些充满精英身份的人面前显得微不足道，原本得心应手的自我介绍，也在这一刻变得困难起来。

该来的还是要来，我最终还是简单地做完了自我介绍。没有告诉大家我来自哪所学校，只在说了自己之前的行业经验后迅速收尾。既没有给全场留下任何一点可深究的线索，也显然没有引起在座各位的一丝兴趣。

这是“逃过一劫”吗？在饭局后回家的计程车上，我的脑海中始终环绕着这个问题。我逼问自己到底是为什么要选择来这样的地方上班，难道就是因为那所谓的一腔孤勇吗？

·02·

从小到大，我承认自己一直是个不服输的人，但从没有肯定过自己是个有勇气的人。即便取得了一些成就，也总是以为是老天的眷顾。

从我迈进麦肯锡的第一天开始，原本内心里面的那些“骄傲”的城墙就开始面临瓦解的趋势。在这里，每一个人都充满了智慧。公司里的前辈常常跟我说，要想在这里活下去，聪明是最基本的东西，因为不聪明的人压根不会进来。但是要想自己不被淘汰，除了聪明，还要勤劳。

我深刻地记得，当他说这句话的时候，我内心开始发怵，因为我觉得自己压根不是一个勤劳的人，非但不勤劳，有的时候还爱偷懒。

我一方面带着那从来没有被肯定过的勇气兀自向前，另一方面还要准备迎接这里的一切不确定性，肩膀上负重累累。为什么这么说呢？因为从甲方跳槽到乙方，从单一的消费品行业到各种领域的行业知识都要涉猎的咨询行业，这意味着我又要像曾经的新人一样，把一切的成长与前途未卜的感受重新再经历一遍。

记得离职的时候，大老板找我一对一谈话，曾经有过咨询行业工作经历的他再三问我，确定好了吗？因为这个选择，不是简单地跳槽，而是等同于“转行”，一切都要重归原点，重新开始，同行里很少有人会做出这样特立独行的选择。

我郑重地点点头，告诉他我想好了。他拍了拍我的肩膀，说了一句话：“既然勇气和年轻你都握在手里，那就大胆地去试试吧。”

“勇气”和“年轻”好像并不是一组对立的词，相反却常常捆绑在一起。当曾经的老板在我的身上看到了这样的特质时，我好像更有理由说服自己就这样勇敢地去闯一闯。即便身边都是些履历比自己更出彩的人，那又何妨，过去的光彩停留在过去，未来的“星星”需要那些不服输的人去创造。

至于如何创造，我想，或许就是一往无前地去颠覆所有从前框住自我的定义。

·03·

那天的欢迎晚宴结束后，我透过玻璃，看见窗外如同在飞驰的上海。嘉里中心的高楼林立在灯火攒动的夜色中，我忽然觉得自己的骨骼正在经历第二次生长。

它正变得勇敢，变得强韧，变得成熟。我感受到它努力伸展、拔高的力量，仿佛是为了告诉这个世界，它支撑起来的灵魂不再是那个小心翼翼的职场新人了。

我依靠着它，看见城市光影消失在车尾，想象着未来可能遇到的困难和磨砺。

那些“咨询”教给我的二三事

写这篇专栏的时候，我坐在酒店落地窗前的沙发上，看着窗外城市边际的霓虹夜景，想：这就是我想要的生活吗？

每个人在找到自己可以“铆定”的生活方式之前，是否都要经历漫长的周折和反复，用尝试之后的错误告诉自己原来自己想要的并不是这些，原来自己从一开始就选择错了。

坦白讲，跳槽后生活方式的巨变，正让我深陷在这“确定我的选择到底正确与否”的旋涡里。

真的不是自我吹嘘，在成为这个满是精英的行业一员后，我一度觉得这才是我真正的人生向往，就像电影《在云端》里那名咨询师一样，一年三百六十五天做空中飞人，西装革履，去结识不同的企业领导者，用缜密的逻辑诊断这个世界上的认知错误与漏洞。

然而当我逐渐意识到，我已经开始学习并习惯压缩生活中的每一处孔隙时，我忽然觉得这不是我所想要的。

我开始习惯今天还在中国中部的某个地方，明天又飞去某个东部城市；熟练地用最短的时间从酒店退房，成功登机，并顺利地完成了两个工作电话，改完了一个 deck（指 PPT）。作为行业最底层的“搭建者”（我常常戏称自己为“工具人”），我平均每天只睡 5 个小时左右，剩下的时间除了吃饭和上洗手间，几乎都在工作。起初我还满是怨言，到后来逐渐觉得发牢骚的时间还不如用来赶快把工作处理好，早点回酒店睡觉。

说到这里，你可能会觉得这是一个特别恐怖的行业，充满了无奈和不同酒店的拖鞋，然而又因为它包裹着精英的外壳，所以吸引着无数人前来造访。能熬下来、忍下来的人在这里突出重围，也有一些人找准时机策划逃离。

我其实并没有想好，一方面是因为我刚到麦肯锡不久，另一方面我仍然非常认可它带给我的价值。到现在，我也经历了不少项目，国际公司、本土公司，好的客户、难搞的客户……这些经历潜移默化地改变着我对这个世界的某些认知。

曾经的我作为职场新人，有许多心碎的瞬间，那些零碎的片段常常萦绕在我的脑海里。但如今，被工作操练后的我，反倒觉得这些不算什么了，整个人开始变得“刀枪不入”，如果探究其背后的原因，我想不仅仅是经历造就了情绪的抗压力，也因为我更加“相信自己，坚定自己”。我想说的是，“相信自己”是一种难能可贵的力量，它需要挫折和无奈去塑造，需要经历选择后的结果。

回到一开始的话题，那我的选择到底是正确还是错误的呢？这个答案估计还需要我再等待一些时日才能给出，但很多次我翱翔在云端，在陌生城市失眠的时候，我更加明确，当我按下这个确定键，选择了问题下面A、B、C、D中的某个答案时，“发出选择”的这个行为是毋庸置疑的，因为这就是我，我相信自己往前迈出一步的勇气，也相信自己无论结果如何都可以找到继续用力生长下去的方向。

亲爱的读者们，倘若你也刚好在某个“选择之后”的漫长时期，在这段时间里，你可能会不安，充满质疑，千万不要因为暂时的状态而感到郁郁不欢，先暂时不管这道选择题揭晓答案之时你会获得什么、失去什么，而是先短暂而沉浸地享受这中间的过程吧。

悬崖会生长出顽强的花，冰川会遗忘曾经气候的变迁，你所体察和感知到的一切都算数。

【昆哥 tips】

我怎么也不会想到，自己会进入麦肯锡做咨询师（学生时代曾想过，但了解到这个行业非常难进之后便放弃了），更没有想到，将来我可以忍受我的生活几乎被工作占据。这或许就是职场的迷人魅力，很多我们曾经不敢想的事情，竟然在将来某一刻真实发生了。我暂且很难找到一个完全平衡的理由，说服自己"这就是我爱的生活方式，我爱的工作"，但勉强可以跟自己达成暂时的和解——"现在经历的一切都是在为将来更不可思议的事情的发生提供灵感"。

因此，千万别慌张，要知道，现在我们所体验、所承受的一切，它的意义都会在将来某一刻被揭晓。

五彩斑斓

职场新人 禁止心碎

年轮说，别着急四季

25 岁生日的那天晚上，我做了一个梦，梦见的是一个非常熟悉的画面。

都柏林一场秋日来临前的暴风雨，让学校广场钟楼旁边的百年老树折断了腰，学校试图通过输液、迁移等方式救活它，但都无济于事。社团的学生自发组织了悼念大会，一群人围绕着那棵只剩下根基的大树，献上鲜花与贺卡。我在送上一朵玫瑰的时候，被老树的年轮纹路所震撼，那象征岁月的皱纹错落有致地由心脏盘旋而出。大自然和时间的两只“魔术手”，轻松地塑造出人类无法仿造的壮美。

都说梦境是人现实状态的反照，透过这个梦境也大概能看出那段时间我的心事。虽说过生日是一件应该开心的事情，但不知道为什么我心里却总感到焦虑，总觉得 25 岁对于人生而言是一个大的时间节点，尤其是对于职场而言。

“如果 30 岁还没做到管理层，那可能就要面临被职场淘汰的境地了”，网络上诸如此类的说法让人的神经愈发紧绷。虽然距离 30 岁还有几年，但随着年龄一岁岁增长，并没有儿时那般开心了，反倒开始做起减法来——距离 30 岁的时间，越来越短了。

和这个梦境里相同的场景，发生在我还在厦门念大学的时候。一场多年不遇的台风灾害，一夜之间摧毁了校园里的许多树木和植被。无论是新芽还是老树，似乎没能等来开花的时节，就匆匆被风雨掰断了枝丫。宿舍楼前的那棵同样拥有很大年纪的大树，在台风之后，繁茂枝叶像被震碎的天花板，凌乱地覆盖在马路上。学校为了纪念这棵老树的逝去，没有收拾残骸，任由那凌乱和破碎横亘在道路上，为了纪念生命的顽强，也为了留存生命终结的那一瞬间。树木似乎都拥有类似的生命记录方式，在它生命的仪盘里，我同样看到了层层围绕的年轮，一圈一圈向外延展，塑造出雄壮的半径。

高中时期的地理课上，老师教我们怎样通过年轮的疏密和数量，判断出这棵植物的水分状况以及年龄。联想到大自然的另一种造物——人类，身体中似乎也有各式各样的信号来记录或者提醒我们各自的年龄。

年龄是时间留给我们的记号，还是我们留给时间的意义呢？在十几岁的年纪，恐怕还参不出其中的道理。

读大学的时候，上一级的同学中有一名天才少女。11岁就升入了高中，13岁提前完成高考。在同龄人还在读初中的时候，她已经率先一步考进了厦门大学。她精通历史，可以把每代皇帝的年号都清清楚楚地背诵下来，像是一本活的史典，似乎没有她不知晓的历史事件。

天才少女拥有和身边人不同的气质，个子小小的，脸庞稚嫩，如果不加提醒，没有人会想到她已经是一名大学生了。这种反差虽然给她带来诸多“天才”“神童”的标签，但似乎也给了她关于“年纪”的无形的压力。身边的人都是比自己年长许多的人，相处的时刻总有一种无形的距离。再加上那些她不能决定的身份标签以及有些害羞的性格，这种距离进一步成了“年纪”带给她的负担。举个简单的例子，同样去KTV唱歌，她很多时候会因为年龄小被拦下来，禁止入内。所以，平常她总是独来独往，身边似乎很少有亲近的朋友。

因为一些校园活动的原因，我跟这位“天才少女”有过短暂的交集。她的身上有着浓烈的书香气息，讲话文绉绉的。我曾观察过她，她似乎在努力模仿一些比她年纪大的人，身上像是有一个令人疲惫的壳。我偶尔会想，假如她不曾拥有这般“加速”的人生，另一个时空中的她会不会更快乐一些，会不会比现在能够更轻松地去享受十几岁时候的人生呢?

“子非鱼，焉知鱼之乐。”或许也正如这句话所说，毕竟那不是我所能体味的人生，大多数的观点也仅仅来源于片面的观察。但从这位身边的天才少女的故事中，我隐隐察觉到了“年纪”“年龄”这些话题对于我们的意义。它可能会带来许多掌声，也可能会送给我们想象不到的礼物。但当这些礼物被拆开彩带的时候，我们看见的可能是“偏见”，是“眉头紧皱”，是无法言说的“回避”，甚至是“拒绝”。

我想起在都柏林念研究生的时候，也同样遇到过一个与众不同的人。我听说她总是在课堂上频繁提问，老师碍于情面也不能直接拒绝，所以课堂时间总是被无限拉长。有一次去教育学院“蹭”讲座的时候，我遇见了传说中的她。看见她努力举手提问的时候，我身体里忽然生出了一股特别强烈的力量，仿佛时间凝固了一样。我听不进去她与老师之间的对话，只是安静注视着她那副充满求知欲的表情。

她是个什么样的人呢?拥有一头苍白的头发，眼睛周围有着清晰的皱纹和雀斑，淡蓝色的眼睛，讲话的声音完全不会因为上了年纪而孱弱无力，她会激动地挑战那些她不认同的言论，会和比自己小很多的同学围绕论题展开激烈的讨论。听闻她每节课都会换不同的丝巾搭配自己的衣服，也听说她特别喜欢日本的动漫，家里有一书柜的漫画书。

她是教育学院历史上年纪最长的学生。作为一名曾经的私人诊所护士，这是她退休生涯中的第二个硕士学位。在开学之前，她甚至还不顾家人的反对，去学了潜水。虽然课堂上的发问引来了一些人的议论和不满，但她总会热情地给这些跟自己孩子差不多年纪的同学送上自己烘焙的蛋糕。有人问她为什么 50 多岁了还要继续来念书呢，她给出的回答是——“因为我的人生才刚刚开始”。

这大概是我听到的关于“年龄”最动人的定义，脱离了世俗的圈层和定义。时间在她身上留下的信号只是经历，而她留给时间的意义是“未尽的探索”。或许即便岁月厚重的礼物，在被她拆开的那一瞬间，是“偏见”和“不解”，于她而言也不再重要。

回国的第二年，我常常会回忆起人生中遇见的这两个人。她们像是一条线段的两个端点。时间在进度条上牵扯出了不同的人生阶段，但于她们而言，不同的人生中却有着“年纪”所赋予她们的不同重量。

从互联网的一些讨论中可以发现，年龄焦虑（age anxiety）是近几年流行于互联网的心理学议题。年龄焦虑是典型的因为年龄刻板印象而带给个人的心理焦虑，它的本质是社会或群体对于年龄维持着定型化的观念。这种观念深刻影响着个人。这种刻板印象忽略人与人之间的个体差异，从而导致判断趋于一致性。年龄焦虑常常让个体认为“变老”意味着作为劳动力将逐渐被社会淘汰。

“年纪”“年龄”到底应该在人生中占据什么样的位置，拥有什么样的重量呢？无论读这篇文章的你给出怎样的答案，我都希望，时间带给我们的重力加速度，无论是在职场还是在生活，永远都是引领着我们的人生向上，而非下沉。

或许那生命终结、裸露出年轮的树干可以给我们一些指引。无论你在哪种季节，都可以给灵魂留存下充满意义的记号。它可以是快乐，可以是踌躇，可以是格格不入。别着急匆匆走完春夏秋冬，去感受，去停驻。

多过肩膀上的狂风

我 23 岁那年，迎来了人生中的第一场新书签售会。抵达现场的时候，看到了在场外等候的读者粉丝们。那是我第一次见到一群读过我作品的真实的人。开始之前，工作人员问我紧张吗？我说不紧张，因为我自认为是个不怯场的人。但当我看到坐满了整个阶梯大教室的读者时，心跳得像起飞时加速攀升、穿越云层的飞机，快要冲出我的嗓子眼。

我清楚，紧张不是因为我面前有那么多的人，而是因为我担心这些人是否会喜欢真实的我。13 岁开始在杂志上发表作品，17 岁的时候因为新概念作文大赛出道，后来我开始出版作品，长篇小说、短篇小说集、散文集、图文集……从出版处女作起，除了新人作家的定位之外，我还被包装成了“高颜值小鲜肉作家”。

我忘记了这类流行词语是如何出现在大众视野，成为大众审美的，但我清晰地知道，确实有这样一群读者，他们因为这样的标签而认识了我。这一部分读者或许也坐在那天的签售会现场，看我拿着自己的新书侃侃而谈。我害怕自己的外表并不能撑起市场对于“高颜值作家”的定义，也害怕追随我、喜欢我的人会感觉受到了欺骗。

签售会结束时的大合影环节，一位迟迟赶到的读者拿着几本我之前出版的作品，说已经读我的作品多年，专门从遥远的省份赶火车而来。她问我可不可以为她写几句话。我把脑海中的祝福誊写在扉页上的时候，她笑着递来一封信。信的封面上工工整整地写着一句话：“你要给自己很多很多的爱，多过肩膀上的狂风。”

签售会结束的那天晚上，我读了那封信。信的内容大致是，她从前是一个对自己特别不自信，甚至讨厌自己的人。因为她特别胖，脸上全是青春痘，而且右耳因为先天的原因听力很差，需要佩戴助听器。她总觉得自己是个很容易被忽略的人，永远独来独往，非常害怕别人用异样的眼光看她。她习惯了被人当作“丑陋”的女生，如果有人夸她可爱或者温柔，她甚至会觉得是一种故意的羞辱。直到她看了那篇我很早时候发表的文章《少男病》，又知道了我从一个大胖子瘦身成功的故事后，她开始慢慢尝试着改变自己，不再遮掩自己右耳听力的问题，开始游泳、跑步、打网球，开始接受别人的赞美。

我回忆起当时见到的她，落落大方，笑起来眼睛弯弯，完全想象不到她曾经历过信中所述的艰难时光。反而因为她提及的那篇短文，我联想到了自己的学生时代。

高中时候的我，是个标准版的胖子，因为个头不高，经常会被身旁的人叫作“小胖子”。胖到什么地步呢？肥肉会包裹住我刚刚发育的喉结，适配我身高的尺码的校服怎么也套不进去。因为肥胖，我告诉自己，我注定是个没有任何运动细胞的男孩。我肯定学不会打篮球，肯定跑不了马拉松，肯定跳远不及格，肯定不会被别人喜欢……想遍所有评价自己的褒义词，似乎只想到了“爱耍宝的灵活胖子”。

因此我怎么也不会想到，曾经这样一个我，在多年后竟然变成了新书海报中“高颜值作家”几个大字包装下的自己。

现在的我，回忆起高中毕业后，上大学时努力减肥，甚至不惜使用伤害自己身体健康的节食方式减肥，其实并不是因为我想要好好地爱自己、尊重自己，而是为了取悦别人的眼光与审美，迎合这个世界给外表的标签和定义。

如果我成功地瘦下来，一定会有更多读者喜欢我。我不会因为在食堂比别人多吃一碗米饭而遭受奇怪的眼光，我不会再畏惧去商场里试衣服，身边的人一定都会看到我。

我怀揣着这样的期望，忍受饥饿，疯狂运动，最终变成了拥有“高颜值作家”标签的那个自己。

“胖子，即便是被别人欺负，还手的速度也比瘦子慢很多。”

“我不敢看他，他脸上的青春痘让我密集恐惧症犯了。”

“她的小眯眯眼，像一条狭长的肚脐眼。”

…………

说者觉得无足轻重，听者视之如狂风……当类似的评价像狂风一般扫过包括我在内的大多数人的脸庞时，我们本能的反抗不应该是否定自己。如果改变是为了让别人收回这些锋利的话语，那么所谓的“变成更好的自己”其实是为了变成“在别人心目中更好的自己”。这样的努力，即便再成功，似乎也没有那份自我认同的扎实基础。

记得 17 岁那年，我去江苏卫视录制了一档有名的知识竞技类综艺节目《一站到底》。在节目播出后，我因为网络舆论的评价而自我怀疑了很久。即便我知道，节目里很多自大的言语并非我本意，后期剪辑把我有意刻画成了一个不自量力的幼稚小孩。但是，这段经历最直接的结果是，我决定在往后的人生中隐去这段回忆。

不过幸运的是，23 岁的那个秋天，在我读完那位读者写下的温柔信件后，我决定坦然接受成长中每一个阶段的真实自我，并且谅解他人看待我的所有目光，哪怕是误解的。

我联想到了很多我见过的人。我在欧洲念书时，在俱乐部里遇到的马来西亚女生——起舞的她在人群中是最闪耀的存在。她自信的舞姿，让人忽略了她是坐在轮椅上与大家共舞。因为血液疾病导致天生一头白发的伦敦男孩——他是整个商学院拿过最多奖学金、发表过最多论文的人，在无数颁奖会上接受表彰的他，永远带着大方、自信的微笑。脖子上有着一片胎记的室友——她说她某天忽然醒悟，再也不留披肩长发试图盖住这片胎记，于是乎剪短了头发，向全世界展示这份上天赐予她的独一无二的自我标志。

在遇见形形色色的他和她之后，我终于意识到，并非所有天生或是后天的瑕疵都需要被小心翼翼地掩盖。重要的是，每一次"接受自我"和"认同自我"的学习过程，它们其实都在为变成更好的自己投上宝贵的一票。

心理学中认为，body shame（体型羞愧）这种羞耻感的产生，本质是一种对自我存在的攻击。羞耻感的产生是人性很自然的一部分，但过度的羞耻感却是不健康的。因此我们需要通过一定的掌控感，来与羞耻感抗衡。

现在的我，大方地向这个世界展示所有属于我的历史，包括我想要删除的，和我想要更改的。因为我想要从这一刻开始，学会更好地爱自己，学会给自己很多很多的爱，多过这世界上的有色眼镜，多过肩膀上的狂风。

Dance like no one's watching[1]

有一次偶然听到人事部讲关于筛选简历的标准，第一条就是"'双非'背景直接筛掉……海外背景排名低于××的不考虑"。虽然知道学历背景对于职场人而言非常重要，但没有想到会严苛到这种程度。

好像现在要想进入一个不错的公司，一个好学历成了必需品。参加公司对外实习生招聘的时候，有一回我看到一份不错的履历，但是因为能进入下一轮的名额有限，我做出了各种努力，试图说服 HR 让应聘者一同进入下一轮，但也无果。每每遇到这种情形，我都会为自己埋没了一个不错的人才而感到愧疚。

也是这件事，让我想起学生时代的一位女同学。

很多人都觉得她是一个突然消失的女孩，我模糊记得她的名字叫萦。她消失的那天，是高考发榜日。炎炎夏日，

---

① 翩翩起舞，旁若无人。

从全班分数以表格形式发出来的那一刻起，我便失去了她的所有消息。

当我打电话给我妈，告诉她我的分数比一本线高出不少，上厦门大学绝对没问题的时候，地球上一部分人喜悦着，也有一部分人默默将希望吞咽。萦大概就是那缄默人群中的一位。

萦是高三的时候转来我所在的文科班的。我们坐过前后桌，我的父亲和她的母亲又刚好是同事，所以自然地熟悉起来。高三是大部分普通人一生中，一提起就不自觉地绷紧神经、蜷起指头的时节，对于我们而言也是这样。

因为我们两家住在毗邻的小区，所以高三每天晚自习结束后，我们俩都会相约一起骑自行车回家。高三太累了，晚自习结束已经是夜里 10 点多，我们要迅速从车棚里推出车子来，然后快速骑行回家，目的是到家后还可以多挤出一些时间来复习。骑行的时间很短暂，却是我们两个人一天中难得的放松时间。

春天、夏天、秋天、冬天如此纷至沓来，直到最期待也是最畏惧的那个夏天。一边骑行，一边感受风迎着脸颊划过，其间我们会聊一下自己的学习进度，英语报纸还有好几张没来得及做完，语文古文默写并没有全对，数学高考三年模拟对答案的时候错了不少。这些都像是累加的子弹头，一点点穿破每一颗渴望全对、期待满分的心脏。偶尔也会在一轮、二轮模拟考试结束后，小心翼翼地对答案。你答对了，或者我答对了，都牵动着彼此的情绪。因为对于这一轮又一轮的战役而言，只有每次在总排名里爬升才预示着高考成功。有时候，在等红绿灯的时候，马路旁边KTV 巨大的电子屏发出强烈的彩色光芒，我们会停止一切关于学习的谈话，静静地看那个五彩斑斓的屏幕，里面是最新韩国女团的 MV，是汽车驰骋疆场的广告片，是市交警提醒大家注意交通安全，是匆忙又精彩的世界。

我总是能在萦的眼睛里读出对于更广阔世界的渴望，那种不服输、不甘愿落后的神态，仿佛她时刻做好了一脚踩下油门向前冲刺的准备。我们会彼此较劲、交换消息，谁进步得更多，谁选错了一个文综选择，班级里哪匹“黑马”跳了出来，谁拿到了竞赛加分……一切的一切，都让我们愈发笃定眼下面临的是一场“只能赢不能输”的战役。箭在弦上，而那旋紧的发条不仅仅是因为自己，还有来自父母的期待，来自周围同龄人的比较。

从小在贯彻“不能输在起跑线上”的普通人，也想要在人生中抛掷出不平凡的抛物线。年少时候的我也会去想这是一种正确的人生状态或者选择吗？但或许那时候一旦站在了聚光灯之下，每一秒的舞姿都是为了台下掌声的延续。

为了赢得头奖，为了赢得喝彩，为了赢得我们可能赢不了的人。

发榜的成绩单上，萦意外地发挥失误。向来稳居前列，重点本科无疑的她，分数只刚好跨过二本线。她的母亲拜托我帮她把学校的文件和物品带回来，但我仍然没有见到萦，只是听父亲讲过，她的同父异母的哥哥也是同年高考，考得不错，去了北京的一所大学。她的家人愿意支持她再去复读一年，但是萦却选择了不再继续读书。

再后来我如愿以偿去厦门大学读书，便从此没有了关于萦的一切消息。身边当初的高中同学也有提起过萦的，但无人知晓她的情况。直到今年春天的时候，我休假回到故乡，才听父亲提起，那个叫萦的同学已经结婚，为人妻、为人母了。

“你还记得那时候你们俩一起骑车放学回家吗？那时候她妈妈还嘱咐我，让你多帮着一点她家闺女。”我爸的一番话一下子把多年前的回忆带来了我面前，我想起那无数个在车流中穿梭的夜晚。或许，当时如果我多给萦一些安慰，让她试着放松下来，她人生往后的故事会不会不一样呢？

但长大后的我似乎明白，即便是再多的安慰与鼓励，也无法真正改变当下我们的心境和欲望。我们都太想赢了，赢过身边的每一个竞争者，甚至赢过这个世界。因为我们无法想象，也不敢想象，如果我们输给了这些一起闯过独木桥的人，会是怎样的结局。

有一股无形的压力压迫着我们，让我们不得不加速，不忍心落下任何一个早自习、任何一道附加题。哪怕它让我们似乎有点喘不过气来了。

后来我去欧洲念书，在一所冷门的古典大学里完成了我的硕士生涯。每个深夜，我独自在图书馆里写论文的时候，总会回忆起一些少年学生时代的场景。不知道为什么每次回忆起来，总有一种如释重负的感觉，不再去想舞台下面的掌声，不再去想我是站在冠军的领奖台抑或是没有得到任何奖章。我仿佛在渐渐逃离那令人窒息的无形手掌。

不知道是因为环境影响还是因为思想的成熟，我不再总是以竞争甚至敌意的眼光去看待周围的同龄人，包括他或她的擅长与不擅长、闪光点和小缺点、广博与专注……不会再像年少时，生怕自己的学习资料被同学看到，比自己考了更高的分数，而是开始欣赏别人的成功、他人的优秀。我更加沉浸于自我的完善，接受自我的缺失，理性地看待我和别人之间的距离。这是成长带给我的欣喜改变，也是经历和时光教会我如何更轻盈地摆动身体、跃动舞姿。

或许比较会成为催化成功的动力，但我想，正确的比较是带着友善和包容的眼光温柔地去发现差距，去思考该如何改变，从而成就更好的自我。竞争中的输赢，更应该寄托于自我意识的苏醒，是未来的自己战胜了过去的自己，是成长既包裹了成功，又收纳了失败。

近几年来活跃于欧美互联网的热词“peerpressure”（同辈竞争），就是指我们总是在同龄人中感到压力，觉得同辈们似乎都比自己优秀，拥有比自己更好的生活，而自己却处处不如他们，停滞不前。这种压力往往会进一步导致自我贬低，使人丧失自信心和成就感。它的根源其实往往来自我们对自己和他人的认知不清晰，一味放大别人的优势和自己的劣势，对于差距缺乏理性的分析。

曾经看到过这样一段英文：“Work like you don’t need the money，love like you have never been hurt，and dance like no one’s watching.”（像不需要金钱一样去工作，像从没被伤害过一样去爱，像没被人注视一般起舞。）它的大概意思是希望我们每一个人都更从属于自我，褪去身上那些迫不及待的欲望，追寻一个更轻盈、更自在的生活状态。

正如这句话所言，希望我们每个人在往后的人生里，努力生活与工作，努力去爱与被爱，努力在任何角落尽情舞蹈，尝试扯去所有束缚住我们的目光，无论它代表着期待还是竞争，只是自己一个人肆意享受舒展自我、善待自我、成就自我的过程。

黑色的亮面

·01·

透过安塔家的落地窗，我看见远处的外滩透出华丽的光。那光在巨大的客厅里变成一幅静止的画，令人羡慕。我羡慕的不是可以将这座城市最繁华的一面尽收眼底，而是如今这样的风景已经成为安塔生活中稀松平常的一部分。

我似乎可以轻松地想象，她现在拥有的生活像是永远在高空中飞行的一架高级航班。我清楚地记得这架飞机是什么时候起飞的。我曾经想象这样的飞行不过是短暂的幸运。但时至今日，我只是看着她越飞越高、越飞越高。

她巨大的家里收藏了许多来自世界各地的艺术品。她打趣地说，虽然她比我年长一岁，但去过的国家远没有我多。我盯着其中一幅我看不懂的画，沉默了许久，回了她一句："是啊，在我满世界没心没肺地玩的时候，你已经住进了全上海最贵的房子。"

我当然知道，从我说出这句话的那一瞬间起，那场漫长的竞争终于结束了。比赛的结局是我默认了她是赢家，而我偃旗息鼓地沉默下场。

·02·

我第一次见到安塔的时候，还在念高三，是在一场全国范围的文学比赛里认识她的。在那之前，我全然不知道原来在我家乡的小地方，我隔壁学校竟然有这样一号人物。比赛汇集了全国各地有才华的年轻人。我是第一次入围，大家都叫安塔“才女前辈”。初次相遇，那时候安塔还没有割双眼皮，她热情地带我融入“搞文学”的圈子。比赛的那段时间，我每天都像个跟屁虫一样，跟在安塔的身后，听她讲很多关于这个圈子的故事。

那个时候，我只知道她是一个非常善于交际的人。这种能力，在许久之后才被我意识到其实是很多普通人所不具备的天赋。

相比安塔在这一群“老朋友”间的游刃有余，我的一言一行则显得拙劣、胆怯许多。第一次吃上海小笼包时，一口咬破包子，汤汁溅了一身。这些窘态被我一直深刻地记在脑海里。倒是安塔，非常合时宜地递给我一张纸巾，然后朝我笑笑，告诉我灌满汤汁的小笼包应该先咬破一个小口子，把里面丰盈的汤汁吮吸干净，再慢慢吃掉。只有这样，才不会被汤汁溅得狼狈。

那场比赛，安塔拿了她人生中第三次一等奖。圈子里的老朋友都在恭喜她，说她一定会成为“女版韩寒”。当看见一群人在共同庆祝的时候，我也默默地加入，随一群人附和举杯。后半场的时候，大家聊起八卦，说参加比赛的人里有一个男生追了安塔好几年——追了几年就陪着安塔参加了几年比赛，只不过到最后，安塔都没有答应这个男生的表白。大家嘻嘻哈哈的同时，我看见安塔脸上的红晕，她似乎很享受这一切，无论是众人的簇拥，还是她身上自然发光的才华。

这一切，也是那个年纪，我所向往的不属于我的光环和快乐。

·03·

为了更好地欣赏窗外的景色，安塔把家里所有的光源全部熄灭，只留下了几盏散发着香味的烛台。她席地而坐，给地毯另一边的我递来一杯热红酒。她说是她自己熬的，用了从国外买的进口肉桂，味道很浓郁。

跟她聊起最近的电视综艺。她提及自己在视频网站上回看时，全部都是辱骂自己的弹幕。

“什么整容脸、蛇精脸，最搞笑的是，还有人说我的下巴已经尖到可以用来开瓶盖了。”安塔说着，自己也笑起来。她的脸的确有些僵硬，但我却不得不承认，这一刻我眼中的她，仍旧是美丽的，只是已经跟当初第一眼见到时是完全不一样的美丽了。

“那你会介意吗？”

我问完她的时候，她摇摇头，表示全然不在乎。她淡然地说，这些恶意评价已经是最低级的攻击方式了，或者换句话说，她已经进化到完全不在意这类攻击了。

的确，当一个人足够成功，或者她站得足够高的时候，这些来源于谷底的声音，也仅能泛起湖面的一点涟漪，无法打扰到山顶的宁静风景。

·04·

我也曾是那谷底回音中的一个音节。

比赛结束之后的发展，我似乎比安塔更顺利一些，在大学的时候，签约了著名的出版经纪公司。我的第一本书被出版的时候，我已经拥有了一批粉丝，还参加了当时国内非常有名的电视节目。那时，我还跟安塔保持着固定的交流和往来，会分享彼此最近的创作、读过的书，甚至还约好了将来要合写一本书。

我轻飘飘地觉得安塔已经被我远远甩出去了一大截，我想她应该会羡慕我，或者嫉妒我。

当然了，再回头梳理这些心思的时刻，我认识到年少的自己是多么幼稚和浅薄，但转念一想，或许这也恰好是真实的自己。

已经记不清楚是从什么时候开始，我总会拿着安塔作为比较的一方，她像是旗帜，一方面指引我该怎么去做，一方面又让我意识到我行进的速度可能永远也赶不上她。

几年前，我和安塔都在踩着风口做自媒体。我一直不温不火，而安塔却一路向上，因为网络新媒体的力量，一下子人气暴增。随后，她开始出现在各式各样的综艺中，流量不断攀升，成为我们这个圈子里最出名的人。

流量的积累和纷至沓来的机会，让安塔在刚毕业就拿到了投资人的投资，成立了自己的公司。当我还在为找什么样的工作而伤脑筋的时候，安塔已经成了自己的老板。

·05·

黑暗往往代表着邪恶和恐惧，就像曾经的我。

我对坐在旁边一起喝着热红酒的安塔坦白了一个秘密，这个秘密潜藏在身体最黑暗的角落已经多年，我未曾预料到，会在这样一个时刻，将其和盘托出。

“那篇爆料你的帖子，其实很多事情是我跟记者说的。”我说出这句话的时候，已经做好了承担一切结果的准备。我想安塔一定会很恨我，这个她每年都会准时送上生日祝福的友人，竟然曾经对她做出过如此糟糕的事情。

那年，看着安塔一路走红，我内心中的嫉妒和眼红开始像藤蔓一样，爬满了我的神经。当时她正在参加一个非常有热度的节目，安塔对家的记者找到我，想写一篇新闻，借着安塔的负面报道，来捧自家的艺人。于是，我就借着这个机会，把那些内心的黑暗全部倾倒了出来。

那篇帖子被炒得热烈，安塔因为受它的影响宣布退出那档节目。

在我以为安塔会朝我发火，或者把我赶出她家的时候，没想到，她只是起身帮我又倒了一杯热红酒，然后从书房里拿出来一个小册子。她翻开小册子，拿给我。

我的签名停留在那一页，上面写着当年参加完比赛分别时的祝福。安塔用手指抚摸着那一页签名，然后对我说：“其实，这些事情我都知道的。”

刹那间，我的后背像是滚过火球。我言语哽咽，不知道该如何收场。

“其实，我一直都把你当作我的好朋友，至少在我们那个时候，怀揣着一肚子远大理想、美好未来的时候，我们互相陪伴在对方身旁。”她说这句话的时候，我又想起有很多个深夜，我们互相聊着最近的创作，聊起今天又去见了哪个出版社的编辑，聊自己的稿子又一次被毙掉了。

我没有再说话，有点胆怯地挪向她，害怕她会拒绝我的靠近。但安塔没有，相反她还拍了拍我的后背，对我说了一句：“我知道，你也可以的。”

我心头的那颗石子仿佛瞬间落地，从谷底传来的生硬彻底被封存在黑暗中。那句最后的鼓励永远镶嵌进了远处的城市灯火。

·06·

其实黑暗是最不值得畏惧的东西，因为只要一丁点的光，黑暗就会变得不完整，就会被彻底点燃。

后来我总会回想，与安塔这些年的故事，其实更像是我与我自己的故事。这之中的斡旋和角斗，无非都是我对于那个不争气的自己的不满和怨恨。那些藏匿于黑暗中的嫉妒，其实并没有想象中的顽固和强大，相反，它因为多年后我与自己的和解而轻而易举地被彻底点亮。

或许，我们每个人的生活中，都会存在一个人，这个人既是努力的标杆，又是嫉妒的对象。或许曾经我们和这个人距离相近，或许后来这个人变得遥不可及。但都请务必记住，总有一天，我们会和曾经的那个自己化干戈为玉帛。那个自己也会变得与众不同，因为他从未放弃，只是知道如何更漂亮地向期待的未来前进。

她的秘密

·01·

在里斯本的罗西奥广场，我、瑞塔和另外两个同行的伙伴走散了，但我们并不把这当一回事，因为这个广场非常小，我们四个肯定会找到彼此。相反我们有一些开心，因为可以摆脱那两个热恋中的家伙，只剩下我和瑞塔两人。

我们选择坐在罗西奥广场前的雕塑下面等那两个人。雕塑的前面是广场，我顺着瑞塔的视线，发现了这美妙旋律的来源，一个棕黄色络腮胡的老人竟然在用一把锯子代替乐器，拉出了一些令人沉醉的声音。

“我大学时候念的专业是小提琴，这首曲子我也会。”瑞塔的凉鞋露出涂了红色指甲油的脚指头，伴随着旋律，她的鞋跟在嗒嗒嗒地敲着地板。

“那怎么来欧洲念商科了，没有继续学小提琴吗？”

我问她。

“太贵了，家里负担不起，所以就放弃了。”瑞塔显现出很轻松的样子，她的鞋跟继续跟着节奏拍打着地面。

这是我第一次跟瑞塔单独聊天，我们坐在夕阳下等了很久。那位拉锯子的街头艺人中间曾停下演奏，跑来向我们收取小费。瑞塔给了他一个硬币，可以继续欣赏这演奏。

在换曲的间隙，瑞塔问我是否要在这学期结束后回国。那时候我还非常犹豫，不知道应该毕业了回国发展，还是留下来找个工作继续在异国待两年。我问瑞塔，她怎么想的。她想都没想，脱口而出，说自己打算留下来。

她是我们这批留学生中最笃定要留在异国的一个。她似乎有很多理由留下来，比如她很喜欢这里的文化，比如她在这里谈了一段新的恋爱，比如她不想回去面对她的母亲。

她比我们当中的任何一个人都早早做好了规划：她从语言班开始就在辛勤打工，她是整个班级里成绩最出色的外国人（非爱尔兰人），她甚至已经列好了毕业后要投递的公司的清单。

·02·

我在学校旁边的琴行里偶遇过在打工的她。她在前台负责接待客人，偶尔会帮老顾客调试一下音。

遇见她的那次是因为我们在做同一个小组作业，我跟她负责一块内容。她会在店里没什么客人的时候，做学校的作业；累了就随便拿起一把小提琴，根据心情演奏。

那天，她跟我说，在葡萄牙广场见到的那个街头艺人，其实是在用音响里的音乐蒙骗别人。我问她怎么判断出来的，她说她从 7 岁就开始学琴，小提琴独一无二的音色她再清楚不过了。

那个人是在假弹，但她依旧掏了个钢镚给他。理由不是因为那个人，而是因为音响里的小提琴声音打动了她。

一个人对于一件事物的喜爱，是可以从她的眼睛里读出来的。

·03·

因此，我大概也能察觉到，其实她并没有那么喜欢她现在正在念的学科。但喜欢与否似乎和能力高低没有必然的关联，至少在瑞塔身上是这样的。她偶尔会因为琴行的打工而缺席课程，但每门课的考核，却又都能拿到 A+ 的成绩。

因为都是中国人，所以大家很爱寻求瑞塔的帮助，尤其是在每门课临近期末的时候。瑞塔从不拒绝任何人，像一个大姐姐一样，无私地给予所有她能够给予的帮助。

这点我比谁都清楚，如果不是因为瑞塔放弃了某次约会来辅导我的某门弱科，我很有可能就挂掉了那门学科。为了感谢她，我还特地给她和她的男友买了电影套票。

给她送票的时候，我第一次见到她的恋人，竟然就是琴行里曾经见过面的她的同事。他负责大提琴，而她负责小提琴。

他留着一头充满艺术气息的长发，戴着圆框眼镜，看起来不像爱尔兰人。瑞塔介绍说，对方来自罗马尼亚，跟我们是同一所学校的同学，不过是在艺术学院。她经常跟着他溜进艺术学院“蹭”课。

·04·

多亏了跟瑞塔做一个小组作业，这门课拿到了不错的分数。当然，也是因为这门课的关系，我才发现原来真正让瑞塔决定留下来的，不是这里有多好，而是她不想再放弃她挚爱的小提琴。

瑞塔有一个秘密，就是她对所有人说过一个谎，关于她的年龄。她出生于 20 世纪 80 年代末尾。留学念书之前，她已经工作了很多年，不过因为大家对于年龄和长相不怎么关注，从未有人怀疑过她谎报年龄。

我是不小心发现这个秘密的：在她落下的申请表中看到了真实的履历。原来她留下来的理由，是为了申请这里的皇家音乐协会。过往的事情忽然串联起来，因为申请需要有本地学历“背书”，所以她选择了先在这里念书。我曾试探过她为什么要谎报年龄，她说因为担心自己的年龄会影响自己进音乐协会，也害怕因为年龄而被比自己小的同学议论。

她对音乐的执着，使我对她有了新的认识，瑞塔的形象在我的心中开始闪烁着更耀眼的光芒。原来我的身边真的存在为了理想、为了一个选择，蛰伏了这么久的人。

·05·

在我回国前告别的聚会上，我邀请瑞塔演奏了一首曲子，那首我们在里斯本广场上听到的曲子。

演奏完我上前拥抱她，聚会充满着告别的气氛，大家都变得有些许伤感。我非常舍不得她，这样一位给了我很多帮助的大姐姐。

聚会的间隙，我们去露台上准备烟花。她问我，真的做好决定回国了吗？我点点头，告诉她因为只有回国，才会离我的梦想更近一些。

“期待在荧幕上看见你的作品。”说完，她朝我举杯。

“那你呢？”我也问她。

“回去了要按照爸妈的要求，按部就班地过普通人的生活，被催着找一份安定体面的工作，被催着结婚、生娃，可能这辈子都碰不了琴了。”她说着，点燃手中的满天星，“所以，先在这里自由地待着吧，至少离自己喜欢的东西近一些。”

烟火附近的黑暗被点亮，我看见她的瞳孔里闪现出很多很多的希望。

那些希望没有发出声音，小提琴声，抑或电影开场时的歌声，但它们暗自酝酿着，等待着终有一天被世界聆听到。

·06·

回国后，我和瑞塔的联系只剩下通过社交软件分享一下彼此的近况。

那时候，我和很多毕业回国的人一样开始背负起新的压力，那就是找到一份可以在大城市养活自己的工作。我们中的一些人可以找到一份离自己的梦想越来越近的工作，幸运地开始朝着未来一步一个脚印。

而我则成了另一群人，在无数个电影公司的面试中败北后，选择了一份不那么讨厌也没那么喜欢的工作，开始朝九晚五的生活。

我时常在梦里回忆起念书的日子。它像是一个乌托邦式的存在，寄托了太多对于未来的美好畅想。

在工作了几个月后，我收到了瑞塔的消息。她告诉我她申请音乐协会没有成功，因为没有权威人士的推荐信“背书”，她和自己向往的音乐事业再次擦肩。

亚欧大陆的两个对角，我们彼此分享着对方的失落。但生活的节奏不允许我们难过太久。琴行的工作因为一次客户投诉而遗憾失去，瑞塔为了支撑自己在海外高昂的生活成本，开始在奥特莱斯打工。

我问她下一步怎么打算，她说自己也不知道，追逐梦想这件事情太过昂贵，但生活无论如何还要继续。

·07·

后来，瑞塔在社交软件上彻底消失了。她不再发布任何关于自己的动态，我发过去的很多消息也迟迟没有回复。

我不断想象着她在异国的生活，或许如往常一样，或许也在计划着归程。

直到有一天，我在做完年终述职讲演后，收到了瑞塔的语音消息。她激动地告诉我，她收到了音乐学院的全额奖学金录取通知，她要去她喜欢的小提琴领域继续深造。

收到这个消息的时候，我激动地攥紧了拳头，仿佛这件令人喜悦的事情就发生在眼前。我不停地祝贺她，那曾经在眼睛里酝酿的希望终于像烟火一样纵情绽放。

无数曾经与瑞塔有关的画面浮现在眼前。那些曾经漫长的蛰伏终于在这一天得到了上天的青睐，我知道这是瑞塔应该得到的，早该得到的。

后来，一次聊天中，我又问瑞塔为什么当初要隐瞒自己的真实年龄。她告诉了我背后真实的原因：在决定去国外念书之前，她几乎已经放弃了小提琴这条道路，直到有一天她在电视上看到了一位拉着小提琴的白发苍苍的老人，她决定放手一搏。后来成功到了国外，当时应聘琴行的工作有年龄限制，于是她谎报了年龄，后来索性就这样把秘密延续了下去。

“蛰伏了太久，或者说被时间耽搁了太久，才不得不开始用年龄作为一个秘密去包裹另一个关于年龄的真相。”瑞塔说。

但其实我和她心里都知道，对于那个心中追逐的梦想而言，年龄永远只是一个数字而已。

不屈服

·01·

记忆中的绵绵，一直有着一副中学生的面孔。

而我念中学的时候，总是被差遣到各式各样的补习班中，被灌输那些无聊的化学方程式、重力计算公式。那时候我都会坐在逼仄的教室最后排，假装认真听课。

我有时候很羡慕那些青春期可以叛逆的同类，他们可以勇敢地做出一些幼稚或是无理取闹的事情，可以逃课、顶撞别人，可以成为年级倒数几名，可以在被老师叫家长的时候，一副满不在乎的表情。

但我不行，因为从小到大习惯了当乖学生，身体已经拥有了某种乖巧听话的属性。即便我讨厌物理、化学，但还是为了能让大人们对我满意，而努力把那些生硬的公式和元素表塞进脑袋里。

成为乖巧听话的小孩是我擅长的事情，但也逐渐成了我最讨厌的事。

我从来没有跟任何人讲过我的心事，我的喜欢与不喜欢。我只是默默地告诉自己，再坚持一下，学会收敛，熬过高考就可以了。

一次晚自习，我悄悄读课外杂志，被躲在教室后窗的班主任发现，因此被要求叫家长。在距离高考还有最后两个月的重要关头，不好好念书，却在读杂七杂八的东西，爸爸对我大发雷霆。

当时我还住在奶奶家，爸爸从夜里10点一直教训我到凌晨2点。那本被没收的杂志，被爸爸卷起来丢在垃圾桶里。他警告我，如果没有考上好的大学，就要把我赶出这个家门。

还记得那天晚上，我一直隐忍着不作声。不是因为我不敢反抗，而是因为我知道，眼下的任何反抗都不会被听见，像是掉落在大海中的一枚针，引不起任何回音。在爸爸训斥完后，我躲在房间里，在台灯下读书。其实一个字都读不进去，只有眼泪啪嗒啪嗒地落在习题本上。我的脑海里想起绵绵的故事，或许少女时代的她也拥有过和我一样的心境——她也试图像现在的我一样无声反抗。

那种无力感，就是即便你努力发出了声音信号，这个世界也不会给你任何回音。就像你用力朝着汪洋大海掷出一根针，即便你再用力，也无法激起汪洋中最平静的一层涟漪。

很多时候，为了做一个听话、懂事的小孩，我的青春期最终变得死气沉沉。我无数次想要鼓起勇气，做出反抗，去做一个坏孩子，可以不管不顾大人们说的那些话，不再拼了命地要在每次考试中取得进步，不去上那些天价的课外辅导班，而是去做自己喜欢的事情。

那晚的梦里，我听见绵绵深长的叹息。她在我讲完这番话之后也落泪了。她紧紧抱着我的脑袋，在我的耳边悄悄说着:“即便你发出的声音没有回响，但你也要勇敢去做你想做的事情。”

·02·

绵绵是一个与众不同的小女孩。

绵绵第一次讲述她自己的故事时，还不到 17 岁，她最擅长的事情是踩缝纫机。随着双脚有规律地踏动，手上的布料瞬间在机器的针尖下编排出好看又整齐的缝线。她的手指被坚硬的针扎过，豆大的血珠让她开始讨厌缝纫这件事情。可是她又不得不去做，因为这是她要做给弟弟的新衣服。

这件精心准备的衣服，其实不完全是新的，而是从自己的旧衣服中剪下布料，重新努力拼凑出来的一件新衣裳。绵绵找了那件没有花纹，看起来没那么旧的裙子，凭着巧劲改出了一件男孩子穿的马甲。

我问绵绵为什么要送这个给弟弟。她说自己也拿不出什么像样的东西，总不能把弟弟送给自己的文具和书本再重新送回去。

绵绵没有考上初中，所以对于弟弟能上乡里的初中这件事感到非常激动和开心。她曾经告诉我，因为没有考上初中，她的妈妈把她关在房间里打了一整个下午。柳树上折下来的枝条打在皮肤上生疼，和做缝纫时手指被针扎破一样疼。

绵绵成长的时代和我的时代有着很大的不同。那时，绵绵家乡里的姑娘家能念书念到底的很少，绵绵却不大一样，她喜欢念书，喜欢柳宗元的诗，喜欢魏晋南北朝时的野史轶事。她用弟弟送给自己的笔记本抄诗，前后誊写过很多遍《唐诗三百首》。

能否考上初中，是乡里大多数父母对于女孩子的检验。若这一道关卡未能成功通过，那意味着她们就要彻底回归土地和家庭，操持家事，给一家老小缝缝补补。这仿佛是时代给女孩子的使命。

那场“棍棒教育”之后，绵绵还是憋着一口气，像是要反抗这种不公的规则。她硬是去念了职业学校，想要学一门技术，早点从乡里走出去赚钱。那些曾经一起念书的女孩子们，逐渐从她的生活中消失。绵绵常常在田垄间看见她们面朝黄土背朝天，有很多次，她想上前去打招呼，又却步了。

从她开始意识到自己讨厌的是自己最擅长的事情后，她便试图反抗，但同乡的女孩子都过着田间耕作或是缝纫机前的生活。她发出的声音从未被同类或是被这个世界认可过。

在绵绵的时代里，这种反抗无声无息，很快就被世俗的浪潮吞噬。

·03·

如果“反抗”意味着勇敢，我在绵绵面前胆小得不堪一击。

听绵绵讲，成年后的她，一个人背上行囊，带着自己辛苦攒下的几百块钱，去参加航空公司的面试。也是在听她讲这件事的时候，我才第一次知道，原来绵绵心里一直有个属于天空的梦想，那就是成为一名空姐。

这个梦想在她的故乡里，一旦说出口，绝对会招来不解或是嘲笑，身为作家的女儿，这似乎是一件“大逆不道”的事情，不值得一提。所以在出发前，她没有告诉任何人此行的目的。

绵绵说那是她第一次出这么远的门，在看到城里的世界时，世界如同万花筒，迷晕了她的眼。这和她熟悉的缝纫机台前的世界迥然不同。她看到了许多和她差不多年纪的女孩子，脸上充满了自信的光彩。绵绵一方面觉得激动和欣喜，一方面又隐隐觉得失落。她察觉到了自己和其他人的不同，那种差距在身体里根深蒂固，使绵绵有种说不出的苦涩。

最终，她还是带着失败回乡，但她的心却因为这一程而被点亮了，因为这是带着勇气再次向这个世界发出了个人的口号——“她和故乡里的那些女孩们并不一样！”

·04·

在高考前为数不多的日子里，我身边的所有人都像打了鸡血似的努力啃书。恰好在这个时候，我收到了一场比赛的入围通知。

爸爸严厉地阻拦我离开家乡去参加这场比赛，因为这被他视为徒劳无功之举。爸爸是非常顽固的人，我知道无论怎么劝说，他也绝对不允许我在高考前的这个节骨眼去参加与学习无关的比赛。我开始想象着，自己是否有当年绵绵执意远行的魄力，然而身无分文的我无法迈出这“不服从”的一步。

我几乎处于放弃的状态，不再想着任何关于这场远行的事情。直到妈妈给了我两张火车票，她说帮我说服了爸爸，他同意我去参加比赛了。

简单的言语无法形容当时的我有多么激动和兴奋，我仿佛感知到这个世界中，终于有一个人读懂了我的声音，我独自发出的频率不再那么孤独。

我带着所有的希望踏上了离开家乡的火车，前往遥远的城市，去完成那场为期 4 天的比赛。在考场里，我的脑海里无数次想象着十几岁时的绵绵的面庞和她在缝纫机前游刃有余的身影。不知道为什么，在那一个瞬间，我好像和素未谋面的她在时空中打了一个亲切的照面。

我看见她眼睛里被点亮的光，像流星一般延续到我的瞳孔中。

开心的是，那场比赛我拿到了第一名。离开颁奖现场，我激动地打电话给妈妈报喜的时候，听见了多年前那个只身一人离乡的女孩的声音。她高兴地说，我比当年的她要厉害，我成了她永远的骄傲。

我的妈妈就是那个小名叫绵绵的女孩，在我眼里，她是永远令我感到骄傲的人。

·05·

很多年后，我带着妈妈到过很多不同的城市，带她看不同的世界。她仍旧像曾经的那个被叫作“绵绵”的女孩一样，看着这新潮的面孔和高楼大厦的背影，眼眸无数次被点亮。

有一次坐飞机，空姐正在做起飞前安全演示的时候，我问绵绵：“妈，你有没有想象过，自己有一天真的能成为梦想中的样子，做一名空姐？”

绵绵笑了笑，看看空姐，又看向我：“如果能够重来一次，我还是会独自背着行李离开家乡去城里面试。”

我轻轻抚摸着她的头发，像儿时她抚摸我的头发一样。那一刻，我和儿时的绵绵成了同一类人，那种曾经因为“不屈服”而勇敢做出反抗、勇敢迈出一步的人。

那个深海汪洋中传来久违的声音，无数的回响不再落地无声，而是在回应我，回应像我一样的少男少女们——成长中，所有被时代的顽固或者他人的沉默所忽略的和不认同的，终有一天会被听见。那个听见的人就是内心里勇敢和坚守的自己；而被听见的原因，则是因为我们曾愿意坚守那被蔑视、被忽略的“不屈服”。

在这听不见的声音背后，那久违的回响，也将会成为镂刻在我们骨子里的标志。终有一天，曾经的格格不入与“不屈服”会被听见，会引起感动和沸腾。

我的朋友叫斯瓦拉卡

·01·

那时候，斯瓦拉卡住在我的隔壁，和另外两个亚洲女孩一同挤在不到 10 平方米的空间里。我经常听见深夜里她们窃窃私语或是吵架的声音。在搬进这个华人蜗居的市区公寓很多天后，我都没有正式与斯瓦拉卡打过招呼，但在印象中，她烫了一个“爆炸头”，个子很高。

和她的第一次对话发生在深夜的洗手间。这个蜗居的公寓里住着 7 个人，凌晨起夜上洗手间偶尔也需要排队。那晚我等得不耐烦了，开始猛敲上锁的洗手间的木门。洗手间里突然响起了一声咒骂的回应，我不耐烦的手悬在空中，然后门被打开了。

“爆炸头”的正面是有着一双龙凤眼的女孩，不过比那双好看的眼睛更引人注目的是，右眼角下方挂着血迹的新鲜伤痕。不知道她在这一天经历了什么，只是在看见她受伤的瞬间，我因为自己的鲁莽而有点愧疚。她眼神沮丧地看向我——“你有创可贴吗？”

准确地说，除了开头那句骂人的话，这是斯瓦拉卡对我讲的第一句话。凌晨两点多，我从医药包里找出创可贴，看着她在狭小的洗手间里把伤口处理好，然后对我说了句“谢谢”。

后来，在很多个凌晨划过漫漫长夜时，我才了解了她的作息。斯瓦拉卡在一家东南亚餐厅负责晚班，昼伏夜出。好像为了刻意跟她搭上几句话，我开始把每晚阅读文献的时间延后，莫名地想要在大家都睡着的时候，听见她钥匙转动门锁的声音。我也不知道自己为什么要这样做，也许是因为那晚我拿出的一片创可贴，在第二天换来了一包创可贴加一盒新加坡炒饭。

·02·

我们开始在深夜压着嗓子聊自己初入异乡的生活，比如第几街区发生了抢劫案，比如她的爱尔兰签证到期，比如她今天在餐馆收到了丰厚的小费，比如那天晚上的伤口是因为餐厅里的顾客打架，她上去劝架而被误伤……斯瓦拉卡有着台湾言情剧里的标志性口音，我会跟她说起我在台湾做交换生时的故事，知道她会做我特别喜欢的炸弹葱油饼。

几个夜聊让我们熟络起来，我开始把上课午间的餐食改到她打工的餐厅里解决。看着她熟练地把薯条和米粉烹制熟，端给每一位顾客，我时常会想，她来爱尔兰打工之前过着怎样的生活。斯瓦拉卡很喜欢一句话，那就是“活在当下”。她被外公抚养长大，后来同叔叔一家一起生活。在选择来爱尔兰之前，她即将按照叔叔的规划，开启自己的公务员生涯。她说自己当时足够年轻，年轻到完全无法想象被规划好的人生会是怎样的。

恰好那个节点又遭遇了失恋，她几乎是立刻做出离开故乡的决定，去往遥远的欧洲。她把已经排练了无数遍的上岗演讲稿删除，买了去爱尔兰的机票。斯瓦拉卡深知这样的决定是鲁莽的，却从未怀疑过它的正确。我会从她的故事中发现遗失的自己，也试图做过勇敢的不计后果的决定，但最终还是因为现实而选择妥协。按部就班似乎是我这代人难以避免的人生旋律，那些所谓的追逐自由永远只出现在成功者的传记里。

普通人的“落子无悔”真的存在吗？这也是我想在斯瓦拉卡身上试图寻觅到的答案。

·03·

从室友转变为朋友，是因为一次意外事件。

那天我从图书馆结束深夜自习，去斯瓦拉卡的餐馆和她一起下班回家。在每日步行到公寓的短暂路途中，会见识到爱尔兰的生活百态：醉酒的上班族，乞讨的流浪汉以及装扮新潮、前往酒吧的年轻人。

就是在这样一个每天来往的街上，我被突然出现的抢匪抢走了书包。我被吓傻了，想要追上去，但又看见对方拿出了刀子。我几乎决定放弃的时候，斯瓦拉卡忽然从口袋里掏出了一个瓶子，上前冲着抢匪的面部一通乱喷，趁对方捂住眼睛痛苦喊叫的时候，把包夺了回来。

她大骂了抢匪一句，拉着我开始狂奔。我受到惊吓的灵魂似乎与我奔跑的脚步错位了，我顾不上任何思绪，跟着她狂奔，直到跑回公寓。

我气喘吁吁地问她那个瓶子里是什么。她拿出瓶子做着假装喷我的动作，告诉我是辣椒喷雾。

“外公给我的，说我一个女孩子在外面可以防身用，当时还有点嫌弃，不想带来，没想到有一天真的用到了。”

斯瓦拉卡这个女孩身上有一些很奇妙的色彩。我从这些颜色中看到一些平凡生活中的反叛意识，仿佛是无法屈从丁既定的生活，骨子里生长出的张力催促出一种肆意的节奏。在这种节奏下，生活只是生活，她不介意自己放弃了安稳优渥的生活，不介意蜗居在遥远的异乡，不介意脸上被误伤而留下伤痕，于她而言，最重要的只是在感受经历的同时，拥抱所有潜在的未知，甚至是危险。

这样的人生是令我欣羡的，对比之下，我恐惧未知，想要把所有风险降到最低，从出国念书踏上飞机的第一步，就在思考毕业后我要去哪里上班、去哪里生活。好似要把一些计划都安排妥当后，我才放心享受生命的匆忙与留白。

·04·

在国外念书的那段日子里，斯瓦拉卡成了我总是会第一时间想到的朋友。有一次，我不小心生病去急诊挂号的时候，护士要求我在紧急联系人那栏表格里留下电话，我第一秒想到了她，却发现忘记了存她的电话号码。无奈之下，我只好把自己的号码倒过来填了一遍。

后来聊起这个，她问我当时为什么不直接给她发消息，她会立刻赶过来陪我。也是这一刻，我才真正意识到，在异国他乡的我并不是孤独的。

这种精神慰藉对于我而言是至关重要的，直到斯瓦拉卡的签证正式到期，她决定回到故乡，我还是无法相信接下来这里的生活将失去她有活力的身影。

我问她回去之后打算做什么，她寻思了很久，说着无关紧要的规划，也许叔叔会再次要求她做回公务员，按照原本的规划。外公肯定会催她结婚，早点把婚姻大事解决掉。从她的话里我大概明白，她其实仍旧没有任何打算，如果变得像我一样把人生的每一步都计划得规整明确，那就不是她了。

斯瓦拉卡离开后，我们还保持着联络，通过通信软件和视频分享彼此的生活。在爱尔兰的我没有什么变化，但回到故土的她却有点不一样。她果真按照家人的安排，坐进了办公室，每天忙着处理公务。她每周都会去参加一次相亲，即便相亲对象都是第一眼就想 say goodbye（说再见）的人，但为了外公开心，她还是会像做任务一样按时完成。

我问她这样感到快乐吗？她白了我一眼，意思是我作为她的朋友，竟然会明知故问。

那曾经被看到的发着光的色彩好像黯淡了一些，因为工作繁忙，我们通话的时间被压缩再压缩，很多消息都等不到她的回复，就这样被搁浅了。我开始想象她在故土的生活，假设她已经习惯了，或者她已经不再试图做任何反叛。

就这样，生活的步伐让我们逐渐少了联络，仅仅保留偶尔的寒暄。

·05·

再后来，我离开了欧洲，回到了故土。毕业进入职场，然后一下子就过去了两三年。和斯瓦拉卡有关的疯狂岁月彻底变成了回忆，我们都拥有了各自忙碌的生活，忙到只能通过通信软件上发布的生活照片来联想对方的近况。

直到几个月前某个加班结束的夜晚，我在通信软件上看到她显示出的澳大利亚定位，写着自己最终还是决定辞掉工作，继续去远方流浪闯荡。我才惊觉，那个我认识的斯瓦拉卡依旧没变。

我给那张照片点了个赞，想要给她发一条消息，说一些久违的祝福。但还没来得及打完一句话，老板突然打来深夜工作电话。我盯着手机屏幕几秒，犹豫要不要接起来。

但在那一秒，我的脑海里闪回了记忆里斯瓦拉卡打开洗手间门，问我有没有创可贴的画面。这一秒钟之后，我按下了手机屏幕上的挂断键。

共　感

·01·

见过很多封离职 farewell（告别）邮件，邮件的末尾很多人都会用这样一个词作为结尾——“江湖再见”。这 4 个字里透着一些江湖义气，从前的我很难从这些告别中读出些许悲伤的情绪，直到后来的某一天，我自己也成了说出那句“江湖再见”的人，这里面的愁肠百结才恍然自知。

从 2018 年研究生毕业回国，到成为一名职场新人，再到结束自己在联合利华的第一份工作进入麦肯锡，转眼间自己迈入职场快 4 年之久。现在回头看看，内心充满了时间飞驰而过的落寞感。最开始的那个懵懂、幼稚的小男孩，如今已经成长为一个谙熟规则、独立生长的社会人士。

如果你问我，当我褪去“新人”的光环时是否会有不舍，我会点点头。但如果你问我是否想再回去体验一次，我一定会坚决地摇摇头，因为我不忍心再回去打破那曾经的美好，即便其中有诸多不完美，但却是我人生一辈子的珍藏。

我一直不喜欢“社会人”这样的称谓，甚至一度很想一辈子做个在“永无岛”[①]的小朋友，可是时间还是一步步推搡着我，把我塑造成了一个可以在这个世界奔跑、跳跃、摔倒、爬起来的形状。在这一步步迈向成熟的路上，我依旧忽闪着那双渴望与充满好奇的眼睛，一点点洞察成人世界的正面与反面。

在这漫长求索的道路上，能够在“职场新人”这个名字的庇护下生长一段时间，我已经足够幸运了。

于我而言，职场新人这个族群里的每一个个体都像是一张又一张白纸，它们的材质、尺寸、颜色、形状各不相同，有的可以轻易被墨水书写，有的则需要坚硬的笔头镂刻。一笔一画之间，各式各样的文字与图腾跃然纸上，赋予了这些空白不同的故事与意义。每一张白纸的起点和终点都不尽相同，但它们却拥有可贵的共通之处，那就是它们都将经历从无到有的过程，在这个大千世界里找到属于自己的那条故事线。

---

①《彼得·潘》中一座海岛的名称。

·02·

我总会回想起自己的学生时光，可能和很多看到这里的你一样，远在他乡，一个人生活。

那时候的我，拥有很肆意的生活状态，经常在图书馆写论文到凌晨，然后步行穿过都柏林市中心，在租住公寓下面的土耳其烤肉店买个便宜汉堡，吃完了再回家。没课的话，一觉睡到中午太阳高悬；有课的话，就强迫自己从沉睡中醒来，简单做个三明治，往学校赶去。

然而，生活中总存在各种形式的改变：身份角色的改变、情感关系的改变、价值视野的改变……就是这些改变，让我从学生变成了职场新人，又从职场新人变成了一个更成熟的职场人。

这些改变悄然间使脑海中的年轮一圈圈积累。我总在想，或许我存在的意义，就是去体验和感知这些珍贵的变化，用生命的尺子去度量这些四季与心境的变迁。

毕业回国后担心找不到工作的自己……

刚来上海省钱住着便宜出租屋的自己……

初入职场被老板训斥到自我怀疑的自己……

摩登都市中遇到一份心动爱情的自己……

飞驰地铁里思念远方故乡的自己……

递上辞呈、收拾东西、潇洒告别的自己……

我想，那站在我身后的年轻灵魂们，或许在不久的将来，也会感受到与我相似的曾经吧。这也是我创作这些文字的原因和使命。

当成长变得熟练起来，头顶上的气球一只又一只地炸裂，它们冒出的金色火花象征着落幕与告别，那被定义为“新人”的光环也逐渐淹没在人群中。没有人永远是职场新人，但总有职场新人出现。当我作为“过来人”看着一茬茬新人的出现，难免会有些怅然若失，但伴随着的是一种前所未有的豁达与释怀，原来这就是“成长”的感觉。它引领着我，从成为职场新人的第一天到最后一天。

假若在将来的某一个时刻，你也体会到了与我相同的感受，那意味着你正在安稳地长大。无论现在的你处于这漫长故事中的哪一个章节，都请带着我想要传递给你的这份温柔的力量，自在地、义无反顾地向前走吧。

·03·

倘若时间倒回，那时候我还没有想象过自己未来的样子，我猜想自己大概会找一份与创作相关的工作。但没有想到，在 25 岁的某一天，我竟然过着和从前设想中完全不同的日子，在与创作完全不相关的行业工作，经常加班到深夜，频繁出差，创作的机会被严重压缩。

刚毕业的时候，渴望证明自己不靠着文字也能闯出一片天。但这么多年后，我才意识到自己能有一件喜欢的事情是多么难能可贵。我时常思考这样的选择是否正确，但想来想去也很难得到一个准确的答案，毕竟谁也不能决定将来的事情，不是吗？所以我能归因的，即这一切都是体验。在人生这个无垠的游乐园中，我一直在努力地体验每一种游乐设施，寻找每一种可能。

未来我会继续带着这份游乐人间的冒险精神继续闯荡。也感谢你可以通过阅读这本书，跟我一起共感那作为“新人”时期的成长轨迹。

这里是25岁的王宇昆。这本书或许是跟某一阶段的自己的告别之作。感谢为了这部作品所付出努力的人，无论是身边人，还是纸页前的你，都非常感谢你们的支持和帮助。

希望将来的某天，我们还能在下个故事里再见。

我会竭尽全力，向前奔跑的！